銃を置け、戦争を終わらせよう

未踏の破局における思索

髙村薫

毎日新聞出版

銃を置け、戦争を終わらせよう

目次

I

II

III

IV

V

装画　柳 智之
ブックデザイン　鈴木成一デザイン室
写真　毎日新聞社

銃を置け、
戦争を
終わらせよう

I

オリンピック開催国は
難民という存在に想像力を

　コロナ禍で観光立国は見果てぬ夢となり、間近に迫った東京オリンピック・パラリンピックも海外からの観客は来ない。しかし、仮に感染症など影もかたちもなかった2年前（2019年）に時計を巻き戻したとしても、この国には外国人と真に共生する意思などなかったし、いまもないと思う。事実、私たちが自慢する「おもてなし」にしても、主に金払いのいい富裕層のためのものであって、韓国や中国のツアー客に対しては差別的な対応が横行していたし、アジアからの留学生や41万人に上る技能実習生は言うに及ばず、ここ数年は年間1万人前後で推移している難民申請者に至っては、存在すら無視したまま今日に至っている。

法務省によれば、日本にやってくる難民の多くは、とくに紛争地ではないネパール、スリランカ、カンボジア、フィリピン、パキスタンの出身だそうである。だから偽装難民だというわけでもないだろうに、日本の難民認定率の低さは世界的に見て異様であり、昭和57年の難民認定制度導入から令和元年までの申請者数８１５４３人のうち、難民認定されたのは７９４人、認定率は１％に届かない。

では、認定されなかった人はどうなるか。人道的配慮から在留許可をもらえる人もいるが、それも２０１５年以降は年間数十人に留まっており、大半は退去強制となる。そのうち約９割は本国へ帰ってゆくが、帰れない事情を抱えた人は2カ所の入国管理センターもしくは地方入管局の収容施設に収容される。司法の審査もないまま身柄を拘束され、自由を奪われるのだから無法地帯である。そしてひとたび収容されると、私たち社会の眼が届かないところで、彼らは申請が認められるまで無期限に長期収容されることになる。

そんな状況なので、２０１９年には仮放免を求めたハンガーストライキでナイジェリア人男性が餓死し、この3月にはスリランカ人女性が必要な治療を受けられずに病死するなど、07年以降、収容中の死者は17人に上る。しかもスリランカ人女性については、入管当局が医師の対応について事実と異なる報告をしており、今国会での出入国管理法改正案の成立見送りは当然の帰結だった。

この改正案では、長期収容を見直すために3回目の難民申請以降は強制送還が可能になるほか、在留特別許可の申請も手続き上の権利が十分に保障されているわけでなく、国連人権理事会が任命する特別報告者は、国際人権基準を満たしていないと指摘していたが、そんな代物を平然と国会に上程する政府の人権感覚は推して知るべしである。もちろん、政府がかくも難民の保護に後ろ向きである背景には国民の無関心があるが、それ以上に、労働政策の歪みをそのつど外国人労働者の恣意的な運用で埋めてきたことへの反省の無さがこの現状を生んでいると思う。

バブル景気では人手不足を埋める不法就労者を黙認し、その後入管法改正で一転して単純労働者を締め出す一方、研修生や技能実習生の名目で外国人労働者の運用を拡大し、さらには不法残留者の徹底排除へと舵を切ると同時に在留特別許可の活用が進んだ。しかしそれも２００６年以降は逆に締め付けが強化され、15年以降は東京オリンピックを控えて仮放免の適用も厳格化されている。まさに世界の人びとが国境を越えて集うはずの祭典が泣くというものである。

ふつうの日本人にとって難民は非日常ではある。それでも、その気になればＳＮＳを通してミャンマーやシリアの状況が直ちに身近なものとなるいま、それなりの関心を払わないのは真っ当な生き方ではないだろう。先のスリランカ人女性は不法滞在者として収容されていたそうだが、出入国管理と難民認定という異なる次元の話が同じ法律で規定されていること自体が問題だとも言われている。法律の建てつけそのものが悪いとすれば、改正案はその場しのぎにすらならない。難民保護の認定に特化した新しい法律が必要である。オリンピック開催国が難民を絶望させていては話にならない。

2021・06・06

ウイグルにおける人権弾圧市場優先の対応でいいのか

中国による新疆ウイグル自治区での人権弾圧に対して欧米が経済制裁を続けるなか、この1月にアメリカが新疆綿を使用したユニクロ製品の輸入を停止していたことが報じられた。思えば4月の記者会見で、ウイグル問題への対応を問われたユニクロの柳井正社長は「人権問題というより政治問題なのでノーコメント」などと答えて内外の顰蹙(ひんしゅく)を買ったが、世界を相手にファストファッションのビジネスを拡大させてきたカリスマ経営者とも思えない、なんとも凡庸すぎる対応に困惑した人は多かったのではないかと思う。

もちろん、高品質の新疆綿の使用をあくまで続けるというのも、人権問題を理由に巨大な中国市場を手放すことはできないというのも一つの経営判断ではあり、ユニクロと同様の対応を取っている日本企業は十数社に上ることも分かっている。また、別の角度から見れば欧米の経済制裁によって追い詰められるのは綿花栽培に携わるウイグルの人びとであり、人権と経済の両立は口で言うほど簡単でないのも事実である。

さらにこのウイグル問題では、欧米が指摘する「ジェノサイド」や「強制労働」について、個々の日本企業が中国国内で事実を確認するのがきわめて難しいことも、直ちにビジネスを停止しづらい理由になっているだろう。情報統制が当たり前の中国政府が否定する以上、私たちがウイグルで起きていることを正確に知るすべはない。そのことがある意味、企業の逃げ道になっているのである。

とはいえ、チベットや香港の現状を見る限り、ウイグルで何らかの人権弾圧が行われていると考えることには一定の合理性もある。またその場合、これは政治問題であると同時に人権問題なのであり、「人権問題というより政治問題」というのは明らかに正しくない。なぜなら、人権弾圧を行うのは政治だとしても、政治とその結果である人権状況を切り離すことはできず、政治に関わらないことの表明は、すなわち人権状況の無視を意味するからである。いまどき、世界的企業にそんなことが許されないのは言うまでもない。

現在、中国やミャンマーに進出している日本企業の多くは欧米各国の厳しい姿勢とは対照的に体のいい政治的中立を掲げているが、2020年代の世界は日本人が考えている以上に人種差別や人権弾圧に敏感になっている。このままではビジネスのための日本の身勝手な理屈が国際的に非難される日も近いだろう。現に、ミャンマー国軍の市民弾圧を見て見ぬふりだった中国が、ここへきてASEAN（東南アジア諸国連合）各国と協調して事態の収拾に乗り出したのは、ミャンマー市民の対中感情の悪化が自国の利益にならないと判断したためだが、いつの日かミャンマー情勢が落ち着いたとき、国軍のビジネスに加担していた日本企業は、ミャンマー市民の信頼を一気に失うのではないだろうか。

同じことはウイグル問題にも言える。中国がどんなに非道な国家であっても14億人の市場を失うことはできないというユニクロの判断と、ビジネスを犠牲にして新疆綿の使用をやめたH&Mの判断のどちらが正しいかを決めるのは時代の潮流である。少し前まで中国という圧倒的な市場の価値は絶対だったが、覇権主義をむき出しにし始めた中国への警戒感がウイグルや香港の人権状況への関心を後押ししているいま、民主主義社会にとっての勝者はひょっとしたらH&Mのほうかもしれない。

いや実際には、中国がこれからさらに強大になってゆけば、日本経済はいよいよ呑み込まれてゆくだろう。そのとき私たちは、かつてうやむやにしたウイグルや香港の人権状況を、身をもって知ることになるだろう。そうなる前に、日本企業は政府に対してウイグルの状況の調査を強く求めるべきである。そして政府は、各国と協調してウイグルについての報告を中国に求めなければならない。人権は国家の都合や価値観で左右されてはならないことを、世界が揃(そろ)って中国に示し続けることである。

2021・06・13

五輪へと暴走する政府 その非人道的な本質

国民の83％が東京オリンピック・パラリンピックの7月開催に反対しても、それを一顧だにしない菅氏はほんとうに一国の首相なのだろうか。国民の知らない間に日本は民主主義の国でなくなっていたのだろうか。あるいは、政府がこの状況でオリ・パラを強行するのは、詰まるところ国家をまともに維持してゆくための基本的な能力を決定的に欠いているということなのだろうか。

国の感染症対策分科会の会長が専門家としてオリ・パラ開催に慎重な意見を述べ続けているにもかかわらず、完全無視を決め込む政府は、もはや慢心を通り越して意味不明、もしくは無能の域に達していると思うほかはない。いや、無能であっても国として誠実であることはできるが、現政権にはそれもない。現に、この3月に名古屋出入国在留管理局の収容施設で死亡したスリランカ人女性について、遺族が求めている監視カメラの映像公開はいったいどうなっているのか。病気の収容者を死亡させた上に遺族に誠意を尽くさず、外国人の人権にかかわる不都合な事実を隠蔽したまま、どの口がオリ・パラを語るか。

政府が公開を拒否しているのは、5月末に衆院内閣委員会で強行採決された土地規制法案に関連して、規制対象として想定されている自衛隊基地や離島などのリストも同様である。これなどは会期末までに法案を成立させたい与党がさっさと委員会審議を打ち切ったことによる時間切れに加えて、リストが公開されたら地価が下がるのが非公開の理由とも言われており、まさに不誠実と不公正を絵に描いたような話である。

不誠実という以上に、メチャクチャな案件もある。政府が導入を予定している陸上配備型迎撃ミサイルシステム「イージス・アショア」の代替艦2隻の総コストについて、昨年11月に防衛省が内部文書で約9千億と試算しながら、国会で明らかにすることを拒否しているのがそれである。どのみち概算要求の段階で大枠の提示が必要になるのに、それまで国会を無視して試算を伏せておくというのは、端的に胸を張って国民に説明できるような内容ではないということだろうし、費用対効果に疑問符もつく難物だということだろう。コロナ禍で職を失い、その日の食事にも事欠く貧困層が拡大しているときに、血税9千億円の内訳に頬かむりする政府の厚顔は、ほとんど非人道的と言ってよい。

事実、政治の無能はさまざまな場面で非人道につながっている。政策判断のミスで国産ワクチンを製造できず、日々限られた数しか供給されない輸入ワクチンの接種は、準備不足に加えて、各地で早い者勝ちによる無用な狂騒を招いている。また当初から強く求められていた医療体制や検査体制の拡充は結局ほとんど果たされず、変異ウイルスにさらされた関西では医療が崩壊し、感染者が入院できないまま重症化する悲惨なケースが相次いだ。そして、高齢者施設ではクラスターを警戒していまも家族の面会が制限されたまま、さびしい今生の別れが各所で繰り返されている。そう、東京オリ・パラ反対の83%という数字は積み上がるべくして積み上がった数字なのである。

しかも、その83%には世論調査の対象とならなかった生活困窮者や路頭に迷う人びとの声は反映されていない。感染終息にも景気回復にもほど遠い6月のいま、10万人ものオリ・パラ関係者の感染対策や、大会期間中のIOC役員の滞在費用を削って、当面は困窮者に対する貸し付けでなく給付型の支援に振り向けることを決断するのが、本来の政治だろうに。

国民世論を無視し、あまつさえ国民の健康を犠牲にして一か八かの賭けに打って出るのはおよそ一国の首相のすることではない。もちろん、そんな人物を首班に担いでいる政権与党も、国民の代表から乖離(かいり)した烏合(うごう)の衆である。さまざまな現実から眼をそむけてオリ・パラ開催へ突き進む政権の暴走を止められるのは、あとは内閣支持率の数字だけだろうか。

2021・06・27

景気が回復しない日本
半導体事業が失敗する理由

加速するデジタル社会の成否は何よりも高性能半導体の安定供給にかかっている。そのため各国が国をあげて半導体産業の支援に巨費を投じており、日本も経済産業省が6月4日、「国家事業」に位置付けて支援に乗り出したのだが、またしてもいつか来た道の轍（てつ）を踏みそうで、実に心もとない。

そもそも30年前には世界シェアの5割を占めていた国産半導体の衰退を食い止める時期を逸し、あわててテコ入れに乗り出したときには時すでに遅しなのが経産省の常である。そのため国主導で進めた先端半導体の開発は頓挫し、記憶用半導体ＤＲＡＭの事業も２０１２年に破綻して、電機大手の半導体事業は多くが撤退、人材は流出し、技術も失われた。

米中対立が深まるいま、世界の最先端半導体の92%が集中する台湾ＴＳＭＣの地政学的なリスクが高まり、日本でもにわかに国産半導体復活の掛け声が上がっているのだが、デジタル機器の心臓部となるロジック半導体を開発する技術も人材もすでに日本にはない。国の支援もアメリカが５・７兆円に対して、日本は２０００億円規模の基金があるに過ぎない。ＴＳＭＣの生産工場を国内に誘致しようにも、たとえばインテルの新工場には２・２兆円、韓国サムスン電子がアメリカに建設する新工場には１・９兆円が投じられるように、１兆円を超える投資になるのは確実である。

またそれ以上に、日本には先端半導体を使うＩＴ産業の集積がなく、パソコンや家電の製造工場も海外に移っているため、日本にわざわざ半導体工場をもってくるメリットはなく、誘致には日本側が相当な色をつけなければならないだろう。そこまでして、いまさら先端半導体の国内生産に乗り出すことの当否や、費用対効果が厳に問われる所以（ゆえん）である。

経産省が音頭を取った国策事業の大半が失敗に終わることには相応の理由がある。一つは、今回の先端半導体の生産工場誘致策を見ても、経産省が日本の産業の在り方について中長期的な視点をもたず、追い込まれてから泥縄で走り出すことである。また、誰も失敗の責任を取らず、当事者意識に乏しいことも挙げられるだろう。動きの早い先端技術の分野でいまごろ巨費を投じても、おそらく半導体工場の国内誘致は難しいとすれば、そのために時間を無駄にするより、半導体製造装置やシリコンウエハーなど、日本が世界シェアの6~9割を占める分野で勝負するほうが現実的なのは言うまでもない。そう経産省に直言するどころか、国の補助金にぶら下がる産業界の体質も、国策が失敗する要因の一つであろう。

経産省と企業の癒着を象徴する事件も起きている。原発や防衛装備にも関わる東芝の昨夏（2020年）の株主総会で、外資の「物言う株主」による人事案の提案権行使を妨げるべく経営側が経産省参与に働きかけ、参与は依頼に応じて実際に動いたとされる件である。このとき経産省が介入の口実にしたのは、株主総会での議決権行使に必要な外為法の事前審査で、事が明るみに出た際、経産相は「外為法上の正当な手続き」とうそぶいてみせたが、今回のケースは明らかに外為法の趣旨を逸脱しており、論外の物言いと言うほかない。

ともあれ、コロナ禍を脱した先進各国が速やかに経済を回復させているのを後目（しりめ）に、日本はＯＥＣＤ（経済協力開発機構）で最低の成長率に落ち込みそうだと言われている。この1年、総額76兆円もの補正予算を組みながら機動的な財政出動ができず、6月9日の党首討論でなお30兆円が余っていることが明かされたように、景気浮揚につながらない小出しのばらまきしかできないのは、政府の誰も経済の舵取りや産業政策の司令塔たり得ないことの証だろう。司令塔どころか、党首討論で質問に答えずに個人の思い出話を始める首相も、先の経産相も、あるいは東京オリパラ・アプリの開発費用削減のために請負企業を脅しておくよう部下に指示したというデジタル改革相も、全員まさに悪手と言う以外にない。

2021・07・04

「赤木ファイル」
公正さを失った国の恥を暴け

大阪の某所に、幼稚園児に教育勅語を暗唱させるような怪しげな自称教育者の夫婦がおり、その教育理念に賛同したという現役の首相夫人を名誉校長に据えて、新しい小学校の建設が進んでいた。その用地に国有地が払い下げられた経緯もなかなか怪しく、国会での追及を恐れた財務省理財局は、決裁文書の改ざんを同省近畿財務局に指示。実際に首相夫人や政治家の名前の削除を行った現場の職員は、一連の経緯を記した備忘録を残して後に自殺し、残された妻が損害賠償を求めて改ざんを指示した元理財局長と国を提訴した。

ちなみに国会で野党の追及を受けた当時の安倍首相は、くだんの学校法人との関係を否定した上で、もし自分や妻が関係していたら首相も議員も辞めると口を滑らせ、財務省が決裁文書の改ざんを図ったのはそれ以降のことである。

そして6月22日、自殺した赤木俊夫氏の妻が起こした裁判の過程で「赤木ファイル」と呼ばれる備忘録がようやく開示された。もともと国は国会で存否すら明らかにせず、請求から1年以上も経（た）っての開示である。もっとも、故赤木氏が残した記録はたいへん詳密なものだが、財務省理財局が公文書改ざんに走った直接の理由については、近財の現場の職員の関知するところではない。そのため、ファイルの開示を受けて国会での再調査は不可欠だが、麻生財務大臣はまたも言下に否定した。どこまでも幕引きの姿勢である。

2017年の国有地売却をめぐる疑惑発覚に端を発した森友学園問題の現在地がこれである。首相夫人が介在する未曽有のスキャンダルが、民主主義の土台を揺るがす公文書改ざんにまで行き着き、自殺者まで出しながら、麻生氏はのうのうといまも同じ椅子に座っているし、安倍前首相も「赤木ファイル」などどこ吹く風である。

政治はときに隠然と人を死に追いやるものらしいが、森友問題に関する限り、首相夫人の軽薄な言動と、短気を起こした首相の失言がその主たる内実であり、それに忖度（そんたく）した官僚や政治家たちを含めてあまりに程度が低い。どこにも国家の大義も必然もなく、その分、犠牲となった近財の職員の死の虚しさが際だつが、この虚しさはけっして特異な事例ではないだろう。むしろ令和の日本に広がる空気感の一つであり、軸となる公正や公共の精神を失った社会の、へたをすれば知らず知らずのうちに崩壊しかねない不確かさの予兆だろうと思う。

先日、旧知の外資系証券マンが驚くような話をしていた。直近の日本市場や為替市場の動きを見ていると、いよいよ日本が新興国の立ち位置に近づいてきたような印象だというのである。基本的にニューヨーク市場につられて動くにしても、東京市場の振れ幅だけが異様に大きくなったり、円が新興国通貨に似た投機的な売り買いの対象になったりしている現状が示しているのは、日本が国としてもはや安定した成長を見込めず、長期的な投資対象ではなくなっているという厳しい事実である。

世界の金融市場から見た日本の掛け値なしの姿がこれだとすれば、森友学園問題の呆れるほどの低次元も驚くには値しないのかもしれないが、しかし国が貧しくなったことと、職務に誠実な公務員を死に追いやって反省の一つもない国の非道はまったく別の話である。国力は三流になっても、人のいのちを貴ぶことはできるし、公正な国であることはできる。

私たちは令和を生きる日本人として、ひとまず故赤木氏の死につながった公文書改ざんについて国会の再調査を求め、財務大臣の責任を問うべきである。理由が何であれ、公文書改ざんという前代未聞の不祥事の責任を取らない大臣にそもそも存在理由はないし、元理財局長が勝手に忖度したことといった言い訳は国の恥である。

私たちはいま、大真面目に公正な社会をめざすべきなのだ。投資対象としての魅力は失われても、すみずみまで公正さが行き渡った平明な社会は、間違いなく人が生きやすい社会である。

2021・07・18

東京五輪は過ぎてゆくが暮らしに終わりはない

東京オリンピック開幕10日前になって、そういえば参加する国の数や国別の選手団の人数が正式に報じられていないことに気が付いた。去年（2020年）3月の時点では153の国と地域となっていたような記憶があるが、開幕直前のいま現在はどうなっているのだろう。個人として東京に行かないことを表明している選手の名前はいくつか報じられたが、不参加が決まっている北朝鮮以外はほぼ予定どおり東京にやって来るのだろうか。

こんな基本的な数字がなぜ出てこないのか理解に苦しむが、今回は入国制限で一部の競技の予選に参加できなかったインドのような例があるため、参加国の数など重要ではないということだろうか。また7月12日には、晴海の選手村の入村者数や国籍を非公表にするという組織委員会の発表もあった。選手村では入村者の国籍その他の集計はしていないので、そもそも把握できないということのようである。期間中、約1万8000人が利用する選手村について、国別の人数も分からないという事実には驚くほかないが、集計をしないで済ませる理由は何なのか。

さらに17日、組織委員会は海外からの入村者にコロナ陽性者が1名出たことを公表したが、国籍その他はプライバシーを理由に非公表だった。過日、空港検疫で陽性者が確認されたウガンダやセルビアの選手団については内閣官房が国籍などを公表したが、組織委員会と対応に差があるのはなぜか。

感染拡大の下で開かれる今大会では、陽性者の隔離や濃厚接触者の確実な特定が必須だし、場合によっては競技を欠場するしかないケースも出てこよう。格闘技のように互いに身体を密着させる競技では、影響も大きいだろう。感染者の情報は、広く共有されるべきであるだけでなく、後日の検証のために詳細な記録は絶対に残さなければならない。非公表で済ませられる話ではないはずだ。

とまれ、開幕まで1週間を切っても巷(ちまた)にお祭りムードはなく、直近の週末のメディアはオリ・パラより、大谷翔平が活躍する大リーグのオールスターゲーム一色だった。しかも開催はしても、東京を含む1都3県、福島、北海道の各会場はすべて無観客であり、緊急事態宣言下の東京では、飲食店の酒類提供停止やワクチン不足への市民の怒りすら鈍く、重い停滞感に覆われている。

　思えば政府が先ごろ、酒類の提供自粛に応じない融資先の飲食店への働きかけを金融機関に要請するとした件も、そうした飲食店との取引を停止するよう酒類販売業者に依頼するとした件も、オリ・パラを完遂するためのなりふり構わない暴走という以前に、本来なら所管の金融庁や国税庁が絶対に許さない悪手である。そんな非常識が当たり前のようにまかり通るのは、官僚たちも端(はな)から真面目に対応する気がなかったということだろう。案の定、怒ったのは酒の販売業者を大票田にもつ自民党議員だけであり、やる気のない官庁はほとんど職務放棄であり、首相は眼を泳がせて白をきり、そんななか、この期に及んで市民の有志からは五輪中止を求める45万筆の署名が提出されたりもした。

　しかし、飲食店も私たちも白けているひまはない。もはや景気浮揚は望むべくもないオリ・パラ後の厳しい経済環境と変異株の感染拡大を見据えたとき、たとえば飲食店の多くはこれまでのあり方を自ら変えてゆくことが求められているというのが、多くの識者の指摘するところである。また、これまで飲食店や宿泊業界で糧を得ていた女性たちは、自ら職業訓練を受けて新しい職種へ移ってゆくことを考えなければならないし、政府はそのための支援にいますぐ手をつけなければならない。

東京オリンピックは間もなく始まる。いったん始まればあっという間に過ぎてゆくが、私たちの暮らしに終わりはないし、日々の仕事も苦悩もそれぞれに続く。オリンピックに関心のある人もない人も、その先へ眼をやることを忘れずに、ひとまず17日間を静かにやり過ごすことである。

2021・08・08

『黒い雨』訴訟の焦点「決断する政治」の底の浅さ

去る7月14日にあった広島高裁の『黒い雨』訴訟の原告勝訴の判決について、政府は26日に突如、最高裁への上告断念を発表した。これで急転直下、原爆投下後に広島市内に降った放射能を帯びた雨で被爆した人びとに、広く救済の道が開かれることになったが、私たちはこれを素直に歓迎してよいのか、それとも長年の裁判の経緯をすっ飛ばした首相の独断にはやはり疑義を呈するべきなのか、個人的にすっきりしない心地で成り行きを眺めている。

当時黒い雨を浴びた人びとがこれまで被爆者援護法に定められた被爆者と認められてこなかったのは、実際に雨が降った地域の特定が困難で、基本的に個人の証言のほかに裏付けがなかったことと、黒い雨に含まれる放射性物質の量とそれによる健康被害の発生状況の検証もまた遅々として進んでこなかったことに因る。

政府は昨年(2020年)8月の控訴に際して、降雨地域を拡大しての再検証を約束したが、検証作業が実際どの程度進んだのか、見通しが立たないまま迎えた今回の広島高裁の判決だった。言うなれば高裁は、いくら専門家を集めて検討会を重ねても、いまとなっては厚生労働省が求める「科学的・合理的な根拠」を収集するのはほぼ不可能だと見なしたに等しい。そうして、より現実的な判断として高齢の原告ら全員を被爆者に認定したのだが、裁判を通して終始、科学的根拠を求めてきた国としては絶対に認めるわけにゆかない判決のはずである。それが突然、原告らの高齢化を理由に、首相の鶴の一声で上告断念となったのだから、厚労省でなくとも関係者はみな驚天動地だったことだろう。

しかし同時に、この広島高裁の判決は政府が求めてきた科学的・合理的な根拠が、被爆者の認定をこれ以上増やしたくない政府の非科学的な難癖にすぎなかったことを明るみに出した。だとすれば、これまでの経緯を一蹴した首相の独断は、結果的に英断だったと言えなくもないが、問題はそこに至った理由である。首相が言及したのは原告の高齢化だけだが、それはいまに始まったことではないから理由にならない。ほんとうに高齢化が理由なら、去年8月に控訴を断念すべきであろう。

では、今回の首相の判断の理由は何だったのか。巷間言われているのは、衆院選を控えて世論を気にしたというものだが、政治とは蓋を開けてみればそんなものではあろう。しかし仮にそうだとしても、政府はこれまでの方針を撤回するに当たって、それなりの理由をきちんと説明しなければ恰好がつかない。それもまた政治に必須の姿である。なにしろ政府は上告を断念する一方で、本判決が認めた放射能汚染による内部被爆の部分は絶対に許容できないと言うのである。そうして判決の根幹を否定しておきながら上告せず、高齢化云々の説明だけで済ませるとは、被爆者をバカにするにもほどがあろう。まともな道理も先々の見通しも何もない首相の今回の判断が結果オーライでないのは、やはり論をまたないと思う。

それにしても、「決断する政治」などと言い出したのは誰だったのだろう。緻密な計算も周到な準備もなく、責任の所在も明らかにしないまま、たんなる思いつきで繰り返される政治判断の、あまりの底の浅さが私たちをここまで疲弊させ、失望させてきて日本の〈いま〉がある。コロナ禍で危ぶまれたオリンピックを、中止を求める声を押し切って開催したことを「決断する政治」と信じて疑わない首相は、事前に専門家が指摘していたとおり大会期間中に未曽有の感染爆発が起きた事態も、予想の範囲と言うのであろう。新しい治療薬とワクチンで、十分に乗り切れると言うのであろう。

そして、『黒い雨』訴訟の判決でもう一つ「決断する政治」をしたつもりの首相だが、どうせなら次は核兵器禁止条約の締約国会議に参加する決断をしてはどうか。それでこそ被爆者の長年の苦しみに寄り添う証であり、国民を十分に納得させるはずである。

2021・08・29

戦後76年、スリランカ人女性死亡事件の非道

令和3年の東京オリンピックは国民の半数以上が直前まで開催に反対し、組織委員会の相次ぐ不祥事とコロナの感染拡大、さらには開催国の事情を顧みないIOCの独善が日本国民の怒りを買うなかで開かれた。それでもさすがはオリンピック、腐っても鯛である。期間中に大会関係者400人以上のコロナ陽性者をだしながらも、日本人選手のメダルラッシュもあり、いつの間にかメディアはオリンピック一色となって、感染の広がる東京の暮らしと晴れやかな競技会場は、あたかもパラレルワールドのようだと言われた。

また、私たち国民も日本選手の活躍にはそれなりに心を躍らせ、大過なく日程が終了

したときには、開催してよかったとする声が6割に達していたのである。
もっとも、だから成功だったということにはならないし、当初からあまりに不祥事が多かった大会である。１兆６４４０億円に上る大会予算の検証はこれからだが、招致費用に関して、肝心の会計帳簿が焼却されていた長野冬季オリンピックの先例もある。今回の組織委員会もまた最終的な責任を取る者がいない「オールジャパン」の寄り合い所帯であることや、いずれ解散することを考えれば心もとない限りであり、第三者による徹底した検証が強く求められる。

そして、オリンピックのあとに残ったのは、ほとんど制御不能となった新型コロナの感染爆発である。市中では20代から50代の幅広い現役世代でデルタ株が猛威をふるい、急激な病床逼迫により国は急遽入院の判断基準を見直すに至って、都内では８月半ばに自宅療養者が２万人を超えた。

とはいえ、ワクチンを打っていても感染する一方で死亡率はさほど高くないとなれば、重症化を防ぐ医療体制を構築した上で、私たちはいよいよコロナとの共生を本気で考えるときに来ているということだろう。自由に出歩いて密の状態をつくりだすのは困るが、目下の感染状況を過度に恐れることのない市井の生活者は、むしろ共生を地で行っているのではないか。市井こそ冷静なのである。

この夏、オリンピックとコロナにかき消された大小のニュースをざっと並べてみる。まず7月は、G20の財務相・中央銀行総裁会議で合意された法人税の最低税率導入とデジタル課税の導入。日本医学会が臨床研究の実施を認めた子宮の生体移植。2025年度に基礎的財政収支を黒字化できるという怪しげな財政試算の公表。65年に高速道が無料になるはずだった方針を撤回するという国交省答申。また、政治的配慮で原発の比率を下げられず、再エネ比率は36〜38%に引き上げられたものの実現可能性は低いとされるエネルギー基本計画案。

8月は、温暖化の影響は数千年続くと予測した国連の気候変動に関する政府間パネル(IPCC)の第6次評価報告書の公表。そして、6日と9日の原爆の日。広島では菅首相が挨拶の原稿を読み飛ばし、長崎では式典に遅刻して、どちらの記者会見でも、首相は核兵器禁止条約への参加には言及しなかった。

さて、これらのどれもが日本国民として座視できない重要なニュースではあるが、個々に自分にとって何が大切かを自問するなら、個人的には、3月に名古屋の入管施設で死亡したスリランカ人女性について、出入国在留管理庁が8月10日公表した最終報告書にブックマークを付けたいと思う。

入管庁は本件の背景に医療体制、職員教育、情報共有の不備があったとしたが、死因すら明らかにせずに不備とは何事か。職員の人権意識の低さも、収容者を死なせてよいことにはならないし、そもそも関係者の訓告処分で済ませられる話ではない。医師による入院の指示を無視し、苦しむ女性をからかい、死亡するまで放置したのは、ほぼ殺人ではないか。国の施設で起きたこの言語道断の非道は、保護責任者遺棄致死など関係者の刑事責任を必ず問い、ビデオテープは直ちに全面公開しなければならない。終戦から76年の夏、日本はまだこんな国なのである。

2021・09・05

アフガン国家崩壊の絶望
アメリカの限界と底力

8月16日の驚きの第一報からこのかた、遠い日本の市井でひたすらアフガン情勢に見入っている。今回、アメリカがひとまずイスラム世界という難物を投げ捨てて逃げ出す恰好となったことについては、バイデン大統領の決断を非難する声も多いが、この20年の不毛な日々を振り返れば、是非もないという気もしないではない。

各々武器を携えたまま首都カブールの大統領府に入るタリバンの戦闘員たちの姿は、20年前にアルカイダをかくまってアメリカ軍の侵攻を招いたときのイスラム原理主義者の武装集団のままで、まるで時が止まっているような光景だった。彼らがアメリカ軍とその支援を受けたアフガニスタン政府軍の掃討作戦に耐え、各地で自爆テロなどを続けた末にこの4月、アメリカ軍の撤退表明と入れ替わりに一気に全土を制圧するに至ったのは、彼らが以前より強大になったということではあるまい。むしろ、アメリカ軍の最新兵器や戦闘技術が現地では通用しなかったということであり、タリバン自身はその勢力も戦略も、20年前と何も変わっていないに違いない。

9・11の同時多発テロ以降、１兆ドルの戦費を投じたタリバンとの闘いが敗北に終わったのは、政府軍の士気の低さと、汚職だらけのアフガニスタン政府の機能不全が大きいと言われているが、見方を変えれば、アメリカの掲げる民主主義は結局、現地の伝統的な部族社会に根差したものの考え方を変えられなかったということである。一日本人がイスラム社会の異質さを軽々に云々するべきではないが、少なくとも民主化のための20年の歩みがこんなふうに瓦解するのを目の当たりにすると、初めから合わない靴を無理に履かせる試みだったのではないかという思いを強くする。アメリカの完全な敗走に終わった１９７５年のサイゴン陥落と比べても、今回の撤退がアメリカの独り相撲の終わりに見える所以である。

ある時点でアメリカもそのことに気づいたはずだが、一度決めた路線の変更はどこの国にとっても至難の業であり、アメリカも例外ではなかった。自国第一主義を掲げたトランプ政権がようやくタリバンとの撤退交渉で合意を急ぎ、それをバイデン政権も引き継いだのだが、交渉では今後アメリカを攻撃しないという約束以外にアメリカが得たものはなく、一方のタリバンはアメリカのいないアフガンを手中にしたに等しかった。従って早晩こうなることは自明だったし、アメリカは20年目にしてついにアフガンの民主化を諦め、アフガンを捨てたのである。

そして16日以降、アメリカをはじめ各国の大使館員とその家族はいち早く軍用機などでカブールを脱出し、空港は同じく国外へ逃れるために着の身着のまま殺到した数千人の市民で大混乱となった。タリバンは市民の安全や女性の権利の尊重などを発表しているが、約束が守られる保証はないし、イスラムの法で営まれる国を国際社会がすぐに国家と認めることもないとなれば、アフガンに待っているのは国の崩壊だけである。

アメリカの撤退は、巨費を投じて守る価値がアフガンにはないことの表明にほかならないが、16日に行われたバイデン大統領の演説は、民主主義の正義にかけた自らの信念の敗北、あるいはこれ以上の戦費は支出するべきでない国力の限界、さらにはそうした敗北を一国の指導者として認めることの困難、そしてそれでも自国民のためにどこかで終わらせなければならないという指導者としての決断など、あれやこれやと詰めこまれた苦く重いものだった。

自国の失敗と、その清算のためにアフガンを見捨てたアメリカの決断が、将来どう評価されるのか分からない。しかし、内外の非難のただなかで発せられる指導者の言葉がたんなる強弁に終わらないのは、偏(ひとえ)に信念の裏打ちによるものである。自国第一の冷徹な現実主義を、国民に語りかける言葉に変換することのできるアメリカ政治の底力に、一日本人として、ひとまずため息をつくほかはない。

2021・09・12

デジタル庁発足
私たちはどこまで望むのか

9月3日に菅首相が間近に迫った総裁選不出馬を表明し、月内の退場が現実になった。政治家たちの、国民生活と無縁の大立ち回りに言葉を失う。

その菅氏肝煎りだったデジタル庁が同1日、発足した。にわかに騒がしくなった政局のせいで国民の関心はいま一つだが、いずれ生活に直結してくる省庁の誕生を、等閑（なおざり）にはできない。なにしろ、コロナ対策の不手際であらわになったこの国の行政全般の非効率は眼を覆うばかりである。そこで、デジタル化の遅れを挽回すべく、早急に専門の省庁を立ち上げた政府の意図や良し。ただし、行政サービスの効率化とは別に、そこで得られる厖大（ぼうだい）な情報と、その積極的活用が目指されている点にはよくよく注意が必要である。

この、政府による情報収集については、ビッグデータとして民間利用に回されるものと、政府がマイナンバーなどで管理する国民一人一人の個人情報があり、どちらも個人情報保護やデジタル主権のあり方についての幅広い国民の合意が欠かせない。しかし、デジタル庁の発足に際して、政府は国による個人情報収集の目的や、使用制限の範囲などを国民に説明していないし、デジタル化で一番大事な個人情報保護の仕組みの議論は一向に結論を見ないままである。

議論が深まらない理由の一つは、デジタル化における利便性と個人情報の扱いについての考え方が多様なことだが、もっと大きな理由は、これについて国民的な合意を形成する意思が政府にないことだろう。デジタル化の推進と表裏一体であるはずの公と個人の線引きや、利用すべき情報の範囲などの基本的な議論がないのは、政府の掲げるデジタル化が地に着いた中身を伴わないお題目に留まっていることの証だとも言える。

デジタル庁が抱える問題はほかにもある。過去に政府が導入した新型コロナウイルス感染者等情報把握・管理支援システム（ＨＥＲ－ＳＹＳ）や接触確認アプリＣＯＣＯＡの使い勝手の悪さや不具合を見れば明らかなように、システム開発が民間に丸投げされ、多重下請けにより責任の所在があいまいになる現行の契約形態を、根本から改める必要があるが、その議論も欠いたままである。デジタル庁は全国一律の行政システムの導入を目指しているが、それ以前に、まともなシステムを開発するためにIT業界のビジネス慣行の刷新から始めなければ、壮大な失敗が待っているだけである。

さらに根本的な話をすれば、日本の政府や官公庁は、デジタル化を進めるための基礎的な心構えが出来ていないと思う。というのも8月30日の新聞報道によれば、今年（2021年）の5月、複数の政府機関でハッカーが五輪や原発の情報、官公庁のネットワーク構成に関する資料などにアクセスした痕跡が見つかった由。中国系とおぼしきハッカー集団は富士通の情報共有システム「プロジェクトウェブ」を介して不正侵入したということだが、発覚から3カ月経っても流出した情報の全容はつかめず、システムのどこに脆弱性があったのかも特定できていない。こんな体たらくでは国が国民の個人情報を収集・管理するのは20年早いと言うほかない。端的に、国はデジタル化の全貌への理解が足りず、真剣味も足りないのである。

デジタル庁の失敗は、そのまま国民生活の混乱を意味するので、失敗は許されない。まずは、国民にデジタル化の目的や、その可能性と限界を説明すること。国に専門の人材がいない以上、民間の人材を惜しまず雇用して司令塔に据えること。多重下請けへの丸投げではないシステム開発の方法を探ること。個人情報保護の仕組みを確立すること。そして、デジタル人材の育成に長期的に取り組むこと。これらのどれが欠けても、デジタル庁はうまくゆくまい。

そしてそれ以上に、デジタル化が進んだ社会の功罪を冷静にシミュレーションし、私たちはどこまでそれを望むのか、一人一人自問することが先決だと思う。

2021・09・26

総裁選で蚊帳の外
国民、弱者、正義、人道

東京オリンピック・パラリンピックの喧噪もあっという間に退いてしまい、例年のような長引く残暑もなく夏が過ぎてゆく。足元の社会に眼を転じれば、自民党総裁選というコップのなかの権力闘争が賑やかなばかりで、ＯＥＣＤ各国のなかで一人負けが続く日本経済の先行きも、終息にはなお時間がかかりそうなコロナの感染状況も、あれこれの社会的懸案も、外交課題も、個々の生活苦も、何もかもが野ざらしである。

政権与党が総裁選一色になってしまったことで動くものも動かないだけではない。政府や与党議員の日ごろの発言から察するに、そもそも動かす気がないらしいことも多く、誰が新政権を担うことになってもこの状況に大きな変化はないだろう。一例をあげれば、総裁候補4人のうち3人が森友問題にかかわる公文書改ざんの再調査はしないと公言しているのがそれである。前首相の軽率な発言の尻拭いのために公文書の改ざんをさせられた公務員が自殺した悲劇も眼中にない政治家たちに、ほんとうであれば総裁候補を名乗る資格はないと言ってよい。

総裁候補たちは国民の声を聞く政治、国民に寄り添う政治を語るが、彼らの言う「国民」のなかに、自殺した当該の公務員や遺族は入っていない。辺野古沖の米軍基地の埋め立て工事は言うに及ばず、過大な基地負担に苦しむ沖縄の人びとも入っていない。日本人ではないが、日本の入管施設で死亡したスリランカ人女性の非業の死について、真相究明を求める遺族の懇願に背を向け、反省も制度改革も等閑にして恥じない政治家たちにとって、国の非道に胸を痛める私たち一般市民もやはり「国民」のうちに入っていない。

部下に犯罪行為の公文書改ざんを命じた官僚も、スリランカ人女性の死亡を座視した入管施設職員も、個人の良心など意味をもたない組織の歯車だったとしても、その組織を牛耳る政治家たちの見識は厳しく問われなければならない。公文書の扱いの杜撰(ずさん)さも、入管施設の人権意識の無さもまさに政治家の不作為の賜物(たまもの)であり、これらの事態を一顧だにしない総裁候補たちの意識の低さは、特筆すべき問題なのである。

そして海外に眼を移せば、カブール陥落からはや一カ月である。現地で日本の大使館や海外機関のために働いていたアフガニスタン人スタッフとその家族や、アフガニスタン政府でさまざまな要職についていた元留学生たち数百名の救出はどうなったか。

アメリカ軍の撤退に合わせて首都へ侵攻したタリバンの動きは早くから各国が警戒しており、自国民の脱出のためにいち早く動いた一方、日本は初動が遅れ、自衛隊機を派遣したものの、救出した日本人はたった1人だった。この決定的な不始末の最大の原因は、日本政府と政治家たちのアフガン情勢への無関心にあるが、その不見識は、アフガニスタン復興のために働いてきた日本人と現地スタッフを救い出せなかったことの言い訳にはならない。かつて満州に日本人を置き去りにした歴史を振り返れば、政府も政治家たちも何を措(お)いても救出に奔走すべきだし、アフガニスタンをテロの温床にしないために、総裁候補たちはタリバン政権への人道支援を絶やさない努力について真っ先に言及すべきなのだ。しかし、そんな声はまったく聞こえてこない。

こうして眺めてみれば、総裁選で蚊帳の外に置かれているのは国民であり、弱者であり、正義であり、人道である。いずれも国家の基本の基であり、人の世の基である。景気浮揚と格差解消のために積極的な財政出動をするという公約の言葉が、当の国民の頭越しに飛び交うばかりで、少しもこころに響かない所以である。

とはいえ私たち国民も、野ざらしになっている問題を一つでも忘れずにいたい。私たちが問題の存在を忘れたが最後、不正も腐敗も非道も正される機会を失い、いずれ社会不安という名の災厄になって国民の上に降りかかってくるのは必至だからである。

2021・10・10

社会の底辺を支える高齢者
今こそ人が人を支える共助を

９月20日の敬老の日、新聞は総人口に占める65歳以上の割合が過去最高の29・１％に達したことを伝えた。この高齢化率はダントツの世界一だそうである。また、高齢者の就業率は25・１％で、これも主要７カ国のなかでは一番高いそうだが、65歳以上の４人に１人が働いているという現実は、「第２の人生」や「生涯現役」というより、65歳を過ぎても悠々自適はできない厳しい老後を示唆しているようで、筆者の年代にはなかなかしんどいものがある。

少子高齢化と人口減少で働き手が決定的に不足する日本では、非正規やパート・アルバイトであれ、高齢者も働かなければ社会が回らないのは自明だが、社会の側からすれば、高齢者が働いて税金を払い、医療や介護で応分の負担をして国や自治体の社会保障費を軽減させなければ、財政が破綻するということでもある。一方、高齢者にとっても、年金の支給開始年齢が少しずつ繰り下げられ、支給額も徐々に減ってゆく状況では、好むと好まざるとにかかわらず足腰が動く限り働くほかはない。国が掲げる「生涯現役で活躍できる社会」とは、端的に「死ぬまで働かなければ生きてゆけない社会」のことなのである。

事実、総人口の約30%が65歳以上となったいま、身の周りの暮らしの風景も確実に様変わりした。筆者の暮らす大都市郊外の住宅地は、筆者を含めて高度成長期に流入した世帯がそのまま高齢化し、半世紀前は若い主婦で賑わっていた駅前のスーパーマーケットは、70代以上の高齢者ばかりが目立つようになった。そこでは買い物用のカートは歩行器代わりであり、エスカレーターは超低速で動き、パートの清掃員たちも90度に曲がった腰でモップをかけたり、プラスチックゴミを回収したりする。

一昔前なら自分で買い物に出ることなどなかっただろう高齢者が足を引きずりながら買い物カートを押し、腰の曲がった人びとがパートで働く、これこそ掛け値なしの高齢化社会の風景であり、子どもには頼れない高齢世帯の年金生活の現実である。

ところで、高齢者の就労先は1位が卸・小売り、2位が農業・林業、3位がサービス業であり、いわゆる「エッセンシャル・ワーカー」として社会の底辺を支えていることになる。間違いなく高齢者も労働力の一部になっているということだが、だとすれば高齢者ならではの身体的諸条件を加味した労働市場を早急に整備しなければならないはずである。高齢者の体力に合わせた働き方の工夫はもちろん、病欠のときの休業補償や労務災害の補償など、働き手としての正当な対価がいつでもどこでも支払われなければならない。高齢者はヴォランティアではないし、お情けで働かせてもらっているわけではないのだ。

国や自治体は行政サービスのデジタル化推進に合わせて、高齢者へのスマホ普及に必死である。もっとも、高齢者に対する行政サービスの課題の多くをデジタル化が解決するというのは幻想であって、たとえばスマホは災害時などの1次情報の伝達には使えても、実際の避難にはマンパワーが必要になることを想定した従来型の体制づくりのほうが重要なのは言うまでもない。また、なまじスマホを利用することで詐欺や個人情報の漏洩（ろうえい）の脅威にさらされ、種々の決済サービスは必ずしも利用しきれず、むしろ紛失や盗難によるトラブルに遇（あ）うことも増えよう。

高齢者に必要なのはスマホなどの情報端末よりも、身体の自由が利かなくなっても生活してゆける人的な支援であり、相談できる人間である。将来的に行政サービスのデジタル化が最大限図られても、私たちの社会は人間が対応する種々の公的サービスをゼロにすることはできないし、その多くは高齢者向けとなろう。腰が曲がっても清掃員として働く高齢者が多数おり、それが社会の底辺を支えているいま、地域社会全体で高齢者を支える公助・共助の人間のネットワークは必須である。どこまでも人が人を支えるのである。

２０２１・10・17

象徴天皇制に開いた大穴
私たちも心して注視を

10月1日、宮内庁が秋篠宮家の長女眞子内親王のご結婚の日取りを正式に発表した。これで、一部の週刊誌が婚約者の家族の金銭トラブルを暴いて以来、なにかと世論を騒がせたご結婚問題もようやく終幕となるのかもしれない。

とはいえ、憲法で日本国の象徴と定められた天皇の皇族の婚姻にもかかわらず、民放のワイドショーや週刊誌などでここまで低劣な誹謗中傷が飛び交ったことについて、私たちはひとまず大いに恥じるべきだろう。理由が何であれ、国民が自らの感情に任せて天皇とその皇族の品位を貶めてよいはずはなく、そんなものを言論の自由とは言わないからである。

それにしても、いまどき皇族のご結婚に関心のある国民がそれほど多いとは思えない一方で、SNSにはなおも直截な是非の声が並ぶ。不確かな伝聞に尾ひれをつけた週刊誌の言説を聞きかじった末に、いろいろな意味で内親王の結婚相手にふさわしくない婚約者だと切り捨てる声。いや、若い二人が決めた結婚なのだから祝福すべきという声。はたまた、婚約者とトラブルメーカーの母親はあくまで別人格だという声。皇族にも結婚の自由はあるはずだという声。そのそれぞれに反論があり、反論が反論を呼んで賑やかなことこの上ないが、内親王ご自身は声を上げられない。そのためPTSDになられたとも報じられており、実に気の毒なことである。

このご結婚をめぐるさまざまな批判のいくらかは、内親王のご降嫁に伴って皇族費から支払われる1億3725万円の一時金に対する怨嗟だろう。もともとそれほど関心はなかったのに、一時金の金額を知って俄然色めき立った人もいるかもしれない。たしかに生活が厳しい庶民から見ればけっこうな額の持参金ではあるし、仮に婚約者が申し分ない人だったとしても、羨ましいという思いはさまざまに負の感情へと結びつく。

もっとも、万世一系にして神聖不可侵の天皇を菊のカーテンの背後に押し込め、天皇家の維持のために支出される税金の多寡を臣民の眼から遠ざけた大日本帝国憲法は、はるか昔の話である。私たちはいま、むしろ皇族費の多寡について知るべきだし、正しく議論すべきなのであって、このたび一時金が話題になったこと自体はけっして悪いことではないだろう。

というのも、皇族費とは何かを考えようとすれば、天皇と皇族がそもそも現行憲法の定める基本的人権の枠外にあり、その身分や婚姻は皇室典範によって別枠で規定されている事実に行き着くからである。日本国の象徴たる天皇とその皇族は、一般国民のような自由を持たない代わりに、国がその生活の維持のために支出するのが皇族費であり、その多寡を論ずるのであれば、皇族方が象徴としての天皇の役割を正しく補完しているか、という視点しかない。

さらに、皇室典範では内親王にも象徴として天皇の代行をする摂政の役割が定められている。その意味では、このたびの内親王のご結婚の強行は、どこまでも天皇制が想定していない異例中の異例なのであり、秋篠宮家をはじめ宮内庁の困惑は想像に難くない。

問題は婚約者の素性ではない。私たちが直面しているのは、このご結婚によって象徴天皇制の一角が壊れたという事実である。これまでたまたま内親王のようにご自分の意思を押し通す例がなかったために、かろうじて維持されてきた制度の、潜在的な不可能性があらわになったと言ってもよい。

女性天皇が認められていない現状では、女性皇族には皇室典範の枠内で婚姻の自由はあるが、それは国民がもっている婚姻の自由とは別ものである。その壁を壊してご自分の意思で皇族を飛び出してゆかれる内親王は、なんとも現代的な女性だと言える一方、天皇制に開いた大穴を前にしたとき、その決断に対して国民の賛否は分かれて当然である。この先、何事もなかったように象徴天皇制が続いてゆくというのは、おそらく楽観的過ぎる観測だろう。心して行く末を注視しなければならない。

２０２１・10・31

II

学校と霞が関にメスを！
真の教育改革、働き方改革へ

文部科学省の調査で、2020年度に不登校とみなされた小中学生は前年度より8・2％増の19万6千人、過去最多だった由。コロナ禍での休校にともなう生活リズムの乱れ、友だちと会えないストレスや孤立、タブレット端末を使った慣れないリモート授業、親もテレワークで在宅のため家庭に居場所がないことなどなど、子どもたちも大人に負けず劣らず多難な一年を送ったようである。

一方、不登校の増加は即、教員たちの仕事量の増加につながる。不登校になった事情を個別に聴き取り、家庭訪問を重ね、教職員で情報を共有し、解決策を考える。不登校はときに非行や家出、自殺などにもつながるため、対応は気が抜けないことだろう。ただでさえリモート授業の教材づくりや新しい学習指導要領に沿った授業の準備で忙しいところに、不登校やイジメ問題を抱えた教員の過重労働は推して知るべしである。

　加えてクラブ活動や生活指導、保護者面談など、小中学校の教員が一般的に担っている仕事量の多さは、改善が必要だと言われて久しい。２０１６年の文科省の調査では小学校教員の3割、中学校教員の6割が月80時間を超える残業をしていたとのことであり、近年は優秀な学生が教師になることを敬遠する一因にもなっていて、国の将来にとってまことに深刻な事態だと言うほかはない。国は、幼保一元化すらできない現状を棚に上げたままこども庁などを議論するひまがあったら、まずは教員の働き方改革を進めるのが先である。

　２０１９年には１９７１年に制定された教職員給与特別措置法が一部改正され、残業の上限が月45時間とされたが、授業以外の雑務の外部委託など、仕事量そのものを減らさなければ根本的な解決にはならない。結局、学校という閉鎖的な社会では、一番メスを入れるべきところにメスが入らないということが続いているのだが、状況は霞が関も同様である。

　先ごろ、２０２２年度の予算編成に向けて各中央省庁が要求した残業代が、前年度より18・4％増となったことが報じられた。これも、長時間労働が若者の官僚離れにつながっているとして、前の菅内閣が職員の勤務実態に合わせた残業代の支払いを各省庁に指示したことによるものである。要は、霞が関ではサービス残業が当たり前という働き方が横行しているということだが、残業代の適切な支給とは別に、長時間労働そのものの見直しこそ急務ではないか。

官公庁の長時間労働を生んでいるものとしては、国会会期中の答弁資料の作成作業がよく知られている。これについては、国会議員の質問通告の締め切りを早めるなど、国会の側の改革も欠かせないが、一方で官僚のほうも、必要以上の想定問答の作成や各部署間の調整など、過剰な対応で自ら仕事量を増やしている側面もあるのではないか。国会で答弁に立つ大臣の原稿の棒読みと、その後ろで分厚い資料を手に控えている官僚たちの姿は、まさにこの国の政治と行政に蔓延(まんえん)する不毛の縮図である。何一つ自分では語る能力のない大臣の国会答弁と、そのために官僚が費やしている時間と労力こそ、まっさきに削減、もしくは合理化してよいはずである。

官公庁のデジタル化が遅れているのは周知の事実だが、それ以前に、事務的な職務全般について組織内の慣習や前例主義などが変化を阻み、改革を拒んでいる当のものであろう。デジタル化自体は技術の問題なのでその気になれば導入はできるはずだが、組織という壁に守られた官僚たちがそれを望んでおらず、国会議員たちもまた非効率な仕事の運びに「働いている感」を得ているとすれば、先行きは暗いと言うほかはない。学問や研究分野を除き、世のなかのおおかたの仕事は結果の如何が問われるだけである。ならば仕事の結果は可能な限り省力、かつ短時間で出すべきものであり、その逆をゆく長時間労働はほとんど怠惰の証と言ってよい。働き方改革に取り組まないのは、闘う前に敗けているようなものである。

2021・11・07

「分配」政策のまやかし変化を恐れぬ新たな生き方へ

4年ぶりの総選挙の、ちょうど1週間前にこれを書いている。本誌『サンデー毎日』の発売日には選挙は終わっており、何事もなかったかのように日常が戻っていることだろう。というのも、選挙戦序盤の情勢を見る限り、自民党が多少議席を減らすことはあっても与野党の全体的な勢力図に大きな変化はなく、結果的に自民党的な政治は続くと予想されるからである。だとすれば、経済対策や社会政策や教育分野などにめざましい変化が起こることも予想しにくく、個人的には冷めた心地で選挙戦を眺めている。

それにしても、今回の総選挙に日本の新たな4年間を積極的に託すことの出来た有権者はどのくらいいるのだろう。なにしろ、直前の自民党総裁選によってすでに疑似政権交代が行われてしまった上に、争点のコロナ対策と経済対策では、与野党ともに「分配」のための大規模な財政出動を掲げて、実質的に両者の違いがない状況である。しかも焦点の財政出動も、与野党ともに財源論や具体策を欠き、有権者の生活苦にダイレクトに響くものではない。またさらに、野党が掲げた選択的夫婦別姓やLGBT法に至っては、一部の有権者の関心事に留まり、いわゆる「多様性」は争点として注目を集めるには至らなかったのが現実だろう。

ともあれ1週間前の時点では、問題山積のわりには有権者の期待も関心も低調な、いつになく散漫な印象の総選挙に見えるのだが、果たして投票日にはどんな結果になっているだろうか。

ところで、総選挙を通じて大規模な財政出動や経済対策を国民に約束した新しい国会議員たちの眼に、当の日本経済の姿はどんなふうに映っているのだろう。ほぼ30年間も労働者の賃金が上がらず、順調に経済成長を続ける世界からひとり取り残されて、平均賃金で韓国にも追い抜かれた日本経済の舵取りに、まさに自分たちが政治家として失敗し続けてきたことの自覚はあるだろうか。どこで何を間違えたのか、真剣に熟考したことが一度でもあるだろうか。おそらくないだろう。仮に失敗をまともに自覚しておれば、そもそも30年も停滞は続いていない。

日本経済の一人敗けの原因については、主に一人当たりの労働生産性の低さと、企業がリーマンショックのような万一の危機に備えて社員の賃上げを抑え、非正規を増やして利益を内部留保に回してきたことの二つが挙げられることが多いが、いずれも世界から眼を逸らし、変化や革新を避けて内向きの保身に走った企業経営者たちと経産省、そして経済の理解が覚束ない政治家たちの失策であることは間違いない。

また働く側も、給料が上がらないことに怒るよりも失業を恐れ、変化を恐れ、転職によるキャリアアップよりも休日の多さや通勤の便など労働条件の良さと安穏を重視していると言われる。まさに生き馬の眼を抜く世界の厳しさとは無縁の、受け身の生き方である。そうして企業の内部留保や国の経済支援によってコロナ禍でも比較的失業率が低く抑えられたことをよしとする一方、その内部留保のためにOECD35カ国中22位の低い賃金に留まっていることを問題視することもない。これではグローバル競争のなかでの成長など望むべくもないし、そんな私たち有権者に、国政を動かすエネルギーが乏しいのも自明ではあろう。

さて、「成長と分配」は、こうした日本経済の現状ではほとんど絵空事である。まず成長そのものが望めず、企業が少々の優遇税制によって賃上げを進める保証もなく、増税と歳出カットによる財源の捻出はさらにハードルが高い。従って、またしても赤字国債を積み上げてバラマキを行う以外にないが、それは社会保障制度や税制による本来の「分配」ではない。誤解を恐れずに言えば、私たちはもっと貪欲に働き、もっと賃金を要求しなければならない。もっと女性の社会進出を求め、政治を動かし、必要な増税論議から逃げないことである。そのとき初めてほんとうの「分配」が可能になる。

２０２１・11・14

中国とロシアの艦隊が接近
戦争回避のための根本議論を

日本が4年ぶりの総選挙に沸いていた10月18日、中国とロシアの軍艦10隻が津軽海峡を通過したと新聞が速報した。これに驚いた人も多かったと思うが、中ロの艦隊はその後、太平洋の沖合を南下、鹿児島県の大隅半島と種子島の間の大隅海峡を通って東シナ海に出た由。中ロの艦隊が二つの海峡を揃って通過するのは初めてのことだそうである。

津軽海峡も大隅海峡も、日本の領海法によって基線から3カイリ（5・6キロ）の外側は公海と定められており、国連海洋法条約ですべての船舶・航空機に通過通航権が認められているのだが、私たちの目と鼻の先をこうして「仮想敵国」の艦隊が堂々と航行できるというのは、衝撃ではある。おおかた日本がこうしたケースを想定しておらず、対抗策を講じる用意もないことを見透かした上での示威行動なのだろうが、隣の大国の挑発は年々、私たちの常識を超えたものになってゆくようである。

今回の中ロの合同演習自体は、米英とオーストラリアの安全保障の枠組み「AUKUS」などへの反発だと言われているが、だからといって、対米牽制のために、日本のすぐそばを艦載ヘリや対潜水艦ミサイルを積んだ軍艦を連ねて我が物顔で航行してよいということにはならないし、本来は一定の自制が働くべき話であろう。しかも中国は、台湾海峡を通過するアメリカ海軍に対して、地域の安定を損ねると強く反発してきたはずである。一番狭いところでも160キロある台湾海峡がそうなら、27キロしかない大隅海峡の通過は言語道断と言えるが、中国の二枚舌を非難しても詮無いだけである。むしろ中国が南シナ海や東シナ海へ触手を伸ばすいま、私たちは中ロにこうした示威行動をさせないための手立てを本気で模索するのが先である。

日本の宗谷・津軽・対馬・大隅の各海峡は、領海法で基線から3カイリの外側を公海とする「特定海域」とされており、12カイリを領海とする国連海洋法条約上の国際海峡ではない。日本があえて5海峡に対して、3カイリの「特定海域」を設定して外国船が自由に通航できる公海を残したのは、日本の非核三原則に抵触しないかたちで核を搭載したアメリカ軍の艦船を航行させるためだったと言われているが、たとえば12カイリを領海にして前記の各海峡を国際海峡にすることで、むしろ主権国家として通過通航にかかわる種々の法令を主体的に整備することもできるだろう。

必要なのは、今回の中ロ合同演習でさらに中国脅威論を煽ることではなく、領海3カイリの現状についての具体的な再検討であり、国会での開かれた議論である。防衛力強化のための防衛費倍増を叫ぶ前に、海峡の通過通航はどうあるべきかの議論は、主権国家としての意志のあり方を内外に示すことにつながり、ひいては対外交渉での日本の立ち位置を明確にすることにもつながるはずだ。

折しも、今夏中国が極超音速兵器の実験を行ったことを米軍トップの統合参謀本部議長が10月27日、正式に認めたことも報じられた。曰く、1957年に旧ソ連が人類史上初の人工衛星スプートニクを打ち上げたときに近い衝撃とのことで、これが実用化されれば世界じゅうが射程に入り、迎撃はほぼ不可能なことから、世界の軍事バランスが一変するのだとか。

市井の一生活者にはもう言葉もないが、それでも手の届くところから地道に議論を積み重ねて、足下を固めてゆくほかはない。領海3カイリの「特定海域」の是非。中国の極超音速兵器開発によって加速する軍拡競争への向き合い方。軍事的に突出する中国との共存の仕方。台湾有事の際の具体的な対応、などなど。もはやミサイル防衛や敵基地攻撃能力といった画餅を語っていられる時期は過ぎた。今回、私たちの目と鼻の先を悠々と航行してゆく艦隊を目の当たりにしたのを機に、日本はいかに戦争をしないか、させないかに注力する以外に生き残る道はないことを、一日本人として再確認できたのは幸いだったと思いたい。

2021・11・21

なぜ女性議員が増えないか
「家業政治」超える問題提起を

先の衆院選で誕生した女性議員は全体の1割にも満たない45人だった。3年前（2018年）に候補者男女均等法が施行されて初の衆院選だったのにこのありさまである。世界と比較した場合、下院（衆院）に占める女性議員の割合が25・5％なのに対して、日本は9・9％で166位（2020年）。この圧倒的な順位の低さは以前から言われてきたことだが、いったいなぜこうなのか、あらためて憤然となるほかはない。

女性が政治家になれない、あるいはならない原因については、公認候補が現職優先であることや男性社会の価値観、さらには女性が出産・子育てを担うことなどが指摘されてきたが、そこに付け加えるなら、日本では政治家が「家業」になってしまっていることが大きいのではないかと思う。「家業」ゆえに地盤や看板がものを言い、世襲が生まれ、新陳代謝が起こらない。また政治家という「家業」は政治家個人の生計だけでなく、地元の支持者の利害とも密接につながっており、多くのしがらみをも生む。してみれば「家業」としての政治家は、結婚や出産で家に縛られる女性をさらに縛るものだとも言えるだろう。この国で女性が政治家になるというのは、たんに社会に出て働くのとは感覚的にだいぶん異なる話なのである。

さてしかし、女性議員の数が全体の1割未満という状況を放置してよいはずもない。男女平等という抽象的な理念のためではなく、端的に、女性議員が増えないことで社会全体が大きな不利益を被っている事実があるからである。

たとえば衆院選でも争点となった格差解消のための再分配だが、その主要な対象者は生活苦に陥りやすい非正規の女性や、低年金の高齢者たちである。現に、先に閣議で決定された自殺対策白書によれば、2020年の女性の自殺者は19年までの5年間の平均より5％増加しており、女性たちの仕事や生活の厳しさが際だっているのだが、仮に女性議員が全体の半数を占めていたら、もう少し具体的な政策が、より迅速に講じられていたのではないだろうか。

同様のことは、保育所不足への対応や一人親への支援、女性への職業訓練でも言えるだろうし、低賃金で離職者が相次ぐ介護事業の立て直しも、もっと早く何らかの手が打たれているに違いない。これは、いわゆる女性の視点への期待ではなく、社会の身近な困窮に対して、組織の慣例や先例主義にとらわれることの少ない女性政治家だからこそ発揮できる行動力への期待である。

「家業」を背負っていない女性は身軽だし、合理的であることを妨げるしがらみが少ないのは大きな武器でもある。「家業」を背負った男性政治家に比べて失うものがない分、女性は大胆な発想ができ、新しい知識の吸収にも貪欲であれば、政策立案能力に事欠くことはない。こうした女性議員が多数を占めるようになれば、国会運営をはじめとして政治の風景が大きく変わるのは間違いないし、それこそが政権交代より何より、私たち有権者が永らく望んできた政治の刷新そのものではないか。

一例をあげれば、安倍政権下で日韓双方の国民感情が傷ついた従軍慰安婦問題がある。この秋、中学社会や高校の地理歴史、公民の教科書にある関連の記述について、教科書7社が4月に菅内閣が閣議決定した答弁書に合わせて内容の訂正を申請し、承認された。すなわち、戦時中の日本軍による一律の強制連行を認めない政府見解に合わせて、「従軍」や「強制連行」の用語が削除されたのだが、もし女性議員が多数を占めていたら、歴史的事実の評価について、もう少し慎重な議論が行われていたのではないだろうか。また、そもそも被害を訴える韓国の元慰安婦に対しても、もっと違った対応ができていたのではないだろうか。

思えば、社会保障一つを取っても、1割しか女性議員がいないことで、私たちは長年どれほどの不利益を被ってきたことか。次の参院選に向けて、ひとまずどうやったら女性候補が増えるのか、有権者全員で必死に考えたい。

2021・11・28

人間の欲望と国家の不作為
温暖化にどう向き合えるか

世界約200カ国・地域が集まった今回のCOP26（国連気候変動枠組条約第26回締約国会議）は、これまで以上に温暖化への強い危機感が共有された一方で、先進国と途上国の立ち位置の差や、CO_2削減の具体的な取り組みの覚束なさが浮き彫りとなり、むしろ先行きの不透明感が増したように感じられた。

世界じゅうで相次ぐ異常気象が明確に気候危機として捉えられるようになったいま、先進国ではSDGsの価値観も定着し、私たちは危機感というより、エコやグリーンという言葉に象徴されるように、何かしら先進的で新しいライフスタイルのイメージで脱炭素を捉えている向きもある。しかしCOP26が私たちに突きつけたのは、もっと複雑な現実である。

8月に公表されたIPCC（気候変動に関する政府間パネル）の第6次評価報告書は、人間活動が気候変動に及ぼす影響を初めて明言し（これまでは推測だったということか？）、仮に世界がCO_2排出抑制に成功しても、2040年には産業革命前からの気温上昇が1・5度を超えることが新たに示された。それを受けてCOP26では、議長国のイギリスがパリ協定以来難航している排出権取引のルールづくりよりも「1・5度目標」を前面に押し出し、各国に削減目標の積み増しを働きかけた。これなどは自国の存在感を世界に誇示する周到な外交戦略であり、アメリカも全面的にイギリスを支援したと言われている。

脱炭素の取り組みでは、海面上昇にさらされている島嶼国を除いて、先進国と途上国の主張が対立するのが常だが、危機が差し迫って対策がより困難なものになればなるほど、CO_2削減の具体策や仕組みそっちのけで、外交的な駆け引きが熾烈になることをCOP26は見せつけた。どの国も地球環境より、まさに国益を守るために会議に臨んでいるのである。

会議のもう一つの目玉は、温暖化の最大原因とされる石炭火力の段階的「廃止」だったが、中国とインドが反対して「削減」で合意を見た。中印や日本を含めたアジア諸国が石炭火力の電気に頼るのは、安価だからである。日本は、世界の非難にさらされてもあくまで安価な電気を求める産業界の声を優先し、技術的にCO_2排出を抑えた石炭火力発電の継続を掲げるが、同じ島国でもイギリスはこの10年で、40%だった石炭火力の割合を1・8%まで激減させた。イギリスにできたことが日本にできないのは、偏に産業界の危機感の無さと政治の不作為のせいだが、世界の潮流から取り残されてもあえて石炭火力を温存する日本の選択が、将来的に吉と出るか凶と出るかは現時点では分からない。

ともあれ、いま現在日本を含めて140カ国以上が今世紀半ばの「実質排出ゼロ」を宣言しているが、実際に排出量の抑制が着実に進んでいるとは言い難い。途上国支援も先進国の口約束に留まっており、排出権取引のルール整備も遅れている。日本に至っては産業界の反対で炭素税の導入議論もなく、日本政府が掲げた2030年度に46%削減という数値には根拠すらない。

おそらく世界は、十分にCO_2排出を抑えられないまま今後も宣言を繰り返してゆくことになるのだろう。眼の前の難民すら救えない世界が、眼に見えないCO_2削減に成功する確率は低いと言うほかはないし、人間の欲望と国家の不作為が続く限り、温暖化の行き着くところが水や資源をめぐる戦争である確率は高いだろう。

そこまで行かずとも、脱炭素を進める過程で私たちを待っているのは、エコなどと気取っていられない厳しい暮らしである。地球環境産業技術研究機構の試算では、再生可能エネルギー54％、原発10％、水素・アンモニアの火力発電13％、ガス火力発電などで23％という電源構成の場合、電力コストは現在の2倍になるという。電気自動車も高性能断熱住宅もコストがかかる。これでは低所得層はこぼれ落ちる以外になく、社会の分断が一層進むのは必至である。現状では、技術革新を待ちながら、当面は化石燃料を使い続ける以外にないのかもしれない。

2021・12・12

コロナ以後の日本経済
流動性によって社会の活力を

新型コロナの感染が下火になったと同時に紅葉シーズンやクリスマス商戦が始まり、私たちの暮らしは良くも悪くもコロナ前の日常に戻りつつある。もともと景気のよかった富裕層は相変わらず高額消費を楽しみ、一人親世帯などの低所得層の困窮は好転する兆しもなく、政治も新政権は誕生したものの新味に乏しく、社会も人心もほとんど無風と言ってよいほど動きがないコロナ後の日本である。

事実、景気一つを見ても原油価格の高騰や人手不足、円安による物価の上昇などで低迷したまま、大きく上向く気配はない。新政権が掲げる成長戦略も、「科学技術立国」や「デジタル田園都市国家構想」などの言葉は並ぶが具体像が見えず、とりあえず前進したのが半導体や蓄電池に巨額の補助金をつぎ込む旧態の官製ビジネスとあっては、国民が今日明日の変化を実感するのは難しい。

一言でいえば、コロナ禍が去ってもV字回復にはほど遠い日本の現状は、燃焼効率の悪いエンジンを必死に噴かして走っている旧式の車のようなもので、当面動いてはいるが、このままいつまでももつわけではない。にもかかわらず政治、企業から国民まで、誰もが現状維持を旨としてやり過ごしているのである。数多(あまた)の問題があるのは分かっているが、政治はとりあえず財政出動。企業はとりあえず固定費の抑制。庶民はとりあえずクリスマスにお正月、といった具合である。

一方、コロナ禍を経たアメリカでは、景気が急速に回復するなかで、業種によっては労働者がより高い給料、より良い職場環境を求めて離職する動きが強まり、それがさまざまなところで人手不足を生んでいる。そのため、消費の拡大に生産や物流が追いつかず、品薄で物価が高騰し、6%を超えるインフレになっているが、それでも景気の回復は続き、経済には新たな職業を求める大量の労働者を吸収するだけの力強さもある。

人手不足が深刻な一部の業種では、コロナ前より高い給料を払わなければならなくなって経営が厳しくなる企業も出ているが、労働者は景気のいい都市や企業を求めて移動するだけのことであり、景気のいい業種と悪い業種のまだら模様ではあっても、全体としてアメリカ経済は今年も6%の成長率になると予測されている。まさにコロナ禍を脱したアメリカ人が、旺盛な労働意欲とともによりよい職場を求めて労働市場を移動した結果がこの数字であり、これこそがアメリカのダイナミズムというものではないかと思う。

ひるがえって日本はどうか。一部の飲食業や製造業、農漁業の人手不足は、地方の人口減少や高齢化、さらには子育て世代の親が働きに出られない保育所不足などにより、文字通り働き手がいないのであり、アメリカのように労働者が積極的によりよい条件を求めて移動している結果の人手不足ではない。加えて、日本の非正規雇用の労働者は雇い止めを恐れこそすれ、よりよい仕事を求めて自ら離職するような状況ではないし、離職しても次の仕事を見つけるのは容易ではない。

日本人の労働意欲がとくに低いわけではないだろう。それよりも、企業が時代に応じた変革を避けて現状維持を図りがちな日本では、働き手が活発に移動するための新しい産業が興らない。競争力を失った企業は賃金を抑えるだけであり、所得が伸びない労働者はいまの生活にしがみつくほかはなく、みんなが変化を恐れる結果、政治の大きな刷新もない。そう、日本人は動かないのではなく、動けないのだ。人が自分の意思で自由に動けない社会の停滞は当たり前であり、コロナ禍はその停滞を加速させたのである。

脱炭素のためのイノベーションやデジタル化は社会の変革や刷新をもたらすが、それには人が活発に移動することが欠かせない。また、よりよい労働を求めて人が移動するダイナミズムこそが、さまざまな変革を実現させる。積極的な賃上げと、労働市場の流動性が必要な理由はここにある。

2021・12・19

かくも支持なき立憲民主党
内向きの論理の転換を

先の総選挙で大きく議席を減らした立憲民主党は、このたび代表と執行部が交代しての再出発となった。２００９年の政権交代時には30％を超えていた支持率も近年は数％台であり、とくに若い世代からそっぽを向かれたまま、じり貧状態が続く。政治や社会に対する昨今のＳＮＳの訴求力を考えれば、政権与党のコロナ対策の失政や種々の不祥事への批判の受け皿として、もう少し存在感を示せてもよいだろうに、巷でその発信がリツイートされることも少ない、圧倒的な不人気ぶりである。

とはいえ国会に強い野党が存在しないのは、国政と国民はもちろん、与党自民党にとっても不幸なことである。無党派層の一人として、筆者はまさに健全な国政のために立憲民主党の再起を願うものだが、ありていに言えば道のりは険しそうである。4人が手を挙げた先の代表選挙も、総選挙での敗北の原因の総括もせずに新たな出発を連呼するばかりで、中学校の生徒会長選挙でももう少し具体的な公約が聴けるのにと思った有権者も多かったことだろう。

しかも敗因の総括がないだけでなく、4人の候補者がそれぞれの主張の違いを示せないという事実もまた、政党としての建て付けの悪さや、具体的な政策より理念が先行しがちなこの党の本質をよく表しているが、これでは国政政党たり得ないと言うほかはない。

野党第1党でありながら、かくも有権者の支持を失っている原因についてはさまざま言われているが、ここでは二つ挙げておく。

一つは、旧世代のコアな「左派系リベラル」の支持層しか見ていない内向き志向である。冷戦終結後、多極化・多層化した世界にあってなお、平和憲法と反原発と人権の三つで世界を語ってきたこの支持層は、実は多様性やあいまいさを認めることが苦手であり、この30年で様変わりした世界の現実を直視することを良しとしない、頑迷な思考停止が続いている。

当然、若者たちの考えを理解することまでは手が回らず、内向きの論理に固執し続けるので、国会での与党糾弾一辺倒の立ち回りから選挙公約まで、すべてが市井の感覚からずれてゆくことになる。たとえば予算委員会での舌鋒(ぜっぽう)鋭い質問は、非生産的だとしていまや少なくない数の有権者にむしろ敬遠されているし、政治意識の高い一部の若者を除けば、圧倒的多数の若い世代がとにかく経済政策を第一に望んでいるのに、これに正面から向き合う姿勢もない。

では、見るべき経済政策の一つも掲げずに彼らはこれまで何をしてきたか。高齢者に配慮して、持続可能性が問われている年金制度改革や、現役世代の負担軽減のための後期高齢者の医療費負担増に反対する一方、労働組合の言うがままに国家公務員の定年年齢引き上げを図ってきたのが記憶に新しい。これでは若年層が寄り付かないのも当たり前である。

また先の総選挙では、「1億総中流社会を取り戻す」として、法人税の累進税率や金融所得課税の引き上げといった経済に冷や水となる政策を掲げる一方、暫定的ながら年収1千万円までの個人の所得税免除や、消費税率5%への引き下げなどを打ち出す節操の無さだった。この政策立案能力への疑問符が、国政で存在感を示せないもう一つの要因だろう。

近年は、自民党が雇用や賃金、年金などで労働者のための政策を拡充しているため、野党は政策面での差別化が難しくなってはいるが、エネルギー政策やＩＴ業界の構造改革、金融、農業、教育など本気で取り組むべき分野は山ほどある。30年にわたる日本の地盤沈下が自民党の失政である以上、野党は本来チャンスのはずなのだ。

多方面の声を聞く民主主義の大原則に則(のっと)って、野党はまず憲法改正の論議に正面から向き合い、経済や労働、教育などの専門家を擁して、全力で政策論争に取り組むことである。12月6日からの臨時国会では、台湾の半導体工場誘致に７７４０億円を投じる補正予算の審議が始まる。これにどう向き合うか。早速、正念場である。

２０２１・12・26

CGが再現した真珠湾攻撃
見えたものと見えないもの

日米開戦から80年という切りのいい年に当たるからか、公共放送も新聞も、この12月8日は例年になく真珠湾攻撃の詳細や開戦に至った政治状況など、先の戦争を振り返る特集が目立った。戦前との類似が指摘されることも多い近年の日本社会の空気感のなかでは、こうした振り返りの作業はそれなりに意味があるし、とくに現役世代への啓発はいくらやってもやり過ぎということはないだろう。いま現在も世界は十分にきな臭く、クリミア半島や台湾海峡などは一触即発の緊張が続いているし、いざとなればもっとも影響を被るのは現役世代だからである。

とはいえ、誰もがクリスマスとお正月で気もそぞろの師走に、80年前の戦争のリアリティを伝えるのは簡単ではない。いきおい映像を多用することになるが、最近は実際の記録フィルムの代わりにCG画像を使うことが格段に増えた結果、その新たなリアルさに眼を見張ることも多くなった。

実際、NHKが最先端のCGで精密に制作した真珠湾攻撃の日本艦隊のそれは、まったく実物と見分けがつかない仕上がりで、80年前どころか昨日今日、太平洋のどこかを空母加賀や蒼龍(そうりゅう)が白波を切って航行しており、九九式艦上爆撃機の大編隊がハワイ奇襲を目指して飛行しているような錯覚を覚えた。ありていに言えば、よく知っているはずの真珠湾攻撃が、見たことのないリアルな映像によって何か別ものになり、歴史的事実とは違う奇妙なパラレルワールドを見たような心地がしたのだ。

一方で、真珠湾攻撃を知らない若い世代は、CGで再現された日本艦隊の映像をひたすらカッコいいと思うのかもしれない。というのも、リアルにつくられた映像には艦砲射撃や空爆のシーンはあっても、その下で被弾してちぎれ飛んだ兵士たちの血まみれの手足などの映像はないし、その意味では戦争映画のほうがまだ幾分か生々しいと言えるからである。同じ番組では、実際に真珠湾攻撃に参加した元兵士が、負傷して母艦に帰還した航空兵の血まみれの惨状を言葉少なに語っていたが、圧倒的なCG映像の前では101歳の老人の言葉が負けてしまうようにも感じられたことだった。

とまれ、80年前の日本艦隊をCGで再現してみせたくだんの番組は、もはや従来の意味でのドキュメンタリーではない。言い換えれば、雨降りだらけの古い記録フィルムから鮮明なCG画像に変わることによって、20世紀の戦争についての私たちの記憶は新たに書き換えられ、是非は別にして、それこそ21世紀の「真珠湾攻撃2・0」になってゆくのだろう。技術は人間の認識も変えてゆくのである。近い将来、6Gが実用化された日には、限りなく本物に近いホログラムの兵士たちの戦場を仮想空間で展開することも可能になるだろうが、そのとき記憶はさらに更新されて、「真珠湾攻撃3・0」となってゆくことだろう。

思えば映画、ゲーム、教養番組から教育現場まで、私たちは飛躍的に進化したCG技術の生み出す映像の成果を日々当たり前のように享受して暮らしている。とくに直接体験できない過去の歴史や深宇宙や、ナノ世界の物理現象の理解には、CG画像はなくてはならないものになっているが、一方で私たちは眼に見えないものを思考するのがどんどん苦手になっている。また、CG画像にリアルを感じることができればわざわざ実物を体験する必要はなくなり、それに伴って世界のバーチャル化は一層進むことになろう。そうして身体の内と外、現実と仮想空間の境界が溶けだした世界で語られる過去の戦争——仮に語られることがあるとして——は、これまで語り継がれてきたそれとは大きく様変わりしているに違いない。

さて、80年前の戦争をリアルに感じ取るのは困難でも、いまこの瞬間も世界各地に溢(あふ)れている生身の人間の悲劇はそうではない。ドーバー海峡で波にのまれ、ベラルーシとポーランドの国境で凍死する難民たちの苦痛を理解するのは、私たちのリアルな身体を措いてほかにない。

2022・01・09

言葉が世界を踏みとどまらせる

核時代の困難

新年も、ひとたび仕事が始まるともう日常である。海外で進む需要増とインフレのあおりを受けるかたちで、1日から一部の食料品が値上がりしたこと、そしてオミクロン株を含めた新型コロナの新規感染者数が急激に増え始めたことが気になるが、いまのところ足元の暮らしに大きな変化はない。

いや、強いて言えば政治から庶民の暮らしまで、もはや単純な豊かさではない「新しい何か」に向けた期待が有形無形の圧力になってのしかかっているのが、これまでとは違う点だろうか。そうして具体的なかたちは依然ないまま、たとえばソニーがEV生産に乗り出すというニュースや、開催が待たれていたNPT（核拡散防止条約）再検討会議がオミクロン株の蔓延で再延期となったニュースなどに見入るのだが、日々の暮らしのなかではどれも、いまひとつ焦点を結びにくいままである。

1月1日には、ＥＵ委員会が脱炭素を進めるグリーンな経済活動の分類に既存の原発を加えることを表明したが、これも同様である。地震の少ないヨーロッパではCO_2を出さない原発がグリーンな電源になり得るというのは現実的な判断であり得るのだろうが、高レベル放射性廃棄物の処分場確保が条件となれば、問題の難しさは日本とあまり変わらないとも言える。にもかかわらず今回、ＥＵが敢えて原発を認めた背景に透けて見えるのは、脱炭素の困難さ以上に、再生可能エネルギーだけでＥＶ時代に必要な電源を十分に確保することの非現実性だろう。

そして、日本に比べてはるかに再エネが普及しているＥＵがそうなら、日本の場合、原発を外しての脱炭素の目標が絵に描いた餅に終わるのは火を見るより明らかである。はて、私たちはいつ来るか分からない地震に怯えながら老朽原発を動かし続けるのか。あるいは原発回帰はそう簡単ではないため、脱炭素の目標達成自体をあきらめて、経済活動の維持のために石炭火力に頼り続けるのか。すぐには答えのでない難問をあらためてつきつけられたに等しいＥＵの今回の動きである。

かと思えば、アメリカの一企業による高速炉の開発計画に日本が国を挙げて参加する由。2016年に高速増殖炉「もんじゅ」を廃炉にしたのに、再処理工場を含めた核燃料サイクルを中止する決断ができず、とりあえず計画を温存するためにアメリカの計画に乗るというのである。フランスがすでに計画縮小を決め、日本も挫折した高速炉にどれほどの実現可能性と需要があるかを冷静に考えれば、この計画自体がそもそも胡散臭いと言うほかはないが、こんな間尺に合わない話がまかり通るのが私たちの生きている世界なのだ。

延期になったNPT再検討会議の代わりに3日、核を保有する米英ロ仏中の5カ国が初めて「核戦争に勝者はなく、けっしてその戦いはしてはならない」とする共同声明を発表して世界を驚かせた。核兵器禁止条約が発効して1年、核保有国への厳しい視線をかわすためのポーズだという声や、ポーズでもひとまず評価する声があるが、5カ国があくまでNPTの枠組みで物を言っている以上、どんな理想を語っても、非保有国でつくる核禁条約に背を向けたその姿勢は自らの言葉を裏切るものである。事実、NPT第6条に定められた締約国による核軍備縮小のための交渉は、一度も実現したことがないし、軍備はむしろ増強され続けている。

しかし、くだんの共同声明について、いったいどんな面をしてと唾棄することはしないでおこう。どんなに国益という名の身勝手に失望させられ、無力感に襲われても、発せられた言葉はそれなりの力をもつ。実行をともなわない美辞麗句であっても、共同声明としての縛りはとりあえず生きる。だとすれば、ＥＶや脱炭素の不確かな道筋がいつの間にかなし崩しになってゆくのを防ぐのも、まずは言葉だろう。虚しくともあきらめずに発する言葉が世界を踏みとどまらせる。そうして選択や決断に必要な時間を稼ぐのである。

２０２２・01・30

緊迫するウクライナ情勢
情報の真贋を見抜こう

2022年1月28日にオミクロン株の新規感染者数は全国で8万人を超えた。濃厚接触者となる人の数も膨れ上がり、医療はもちろん、生産や流通、学校、保育、介護などの現場が一気に回らなくなっているが、幸い、大学入学共通テストはなんとか無事に済み、間もなく北京五輪も開かれようとしている。

一方、昨年末から国境付近に10万人規模のロシア軍部隊が集結しているウクライナでは、コロナ禍はどうなっているのだろう。北京五輪の終了後にウクライナ侵攻の可能性があるとか、アメリカ政府がウクライナにいる大使館員に国外退避を命じたとか、米軍の約8500人の部隊が派遣待機しているといった報道をどこまで真に受けてよいものか、戸惑いながらもウクライナ国民の暮らしが気にかかる今日このごろである。

冷静に眺めれば、ロシアもアメリカもNATO（北大西洋条約機構）も、本音では本格的な軍事衝突を望んでいるはずもなく、戦争して得るものはないと言われているが、一方で米ロが折り合える余地は限りなくゼロに近いのも事実である。すなわちロシアは当初からNATOの東方拡大阻止が至上命題であり、片やアメリカは、これまでも旧東側諸国を取り込んで拡大を続けてきたNATOへのウクライナの加盟を拒絶する理由はない。この両者の立場は真っ向から対立するものであり、互いに矛を収めるには裏で密約でも交わす以外にないだろう。

そして、外交がいつもそうであるように、米ロの難しい交渉の子細が報じられることはなく、代わりに両者が虚勢を張り合い、非難しあう姿ばかりが伝わってくる結果、市民の暮らしや企業活動や金融市場が少なからぬ影響を受けているのである。してみれば、こうしてメディアを躍らせているウクライナ情勢のニュースは、必ずしもフェイクとは言えないものの、米ロがそれぞれ腹に一物を抱いて事態を演出しているという意味では、ある種の情報操作に近いと言えるかもしれない。さらにまた、国家間で繰り広げられる緊張関係の実態が往々にしてこんなものだとすれば、私たちはよほど用心をして日々のニュースに接する必要があるということである。

実際、このウクライナ問題に関してEUは必ずしもアメリカに追随はしておらず、天然ガスをロシアに依存しているため、経済制裁も一枚岩ではないと伝えられている。ウクライナと地続きのEU諸国が自国民の退避勧告をしていないことからも、当面ロシアの軍事侵攻の可能性は低いことが窺(うかが)えるが、もちろん不測の事態には不断の注意が必要だろう。

さて今日、メディアやネットにあふれる無数のニュースの真偽を正確に見極めることは、ますます困難になっている。現にジャーナリストが注意深く取材を重ね、一つ一つ裏を固めた上で配信をしても、それは一つの立場から見た事実Aにすぎず、違う立場に立てばまた違う事実Bが見えてくる。私たちはそのAB両方に目配りをする余裕はないし、そこにSNSの情報も加わる。そのため、一つ間違えば誰でも知らぬ間に嫌韓や嫌中の言説に染まったり、敵基地攻撃能力の保有は不可避と煽られたりするし、新疆ウイグル自治区の人権侵害のように、なかなか事実を確認できないものの否定もできない話に困惑させられることもある。

間近に迫った北京五輪では、インストールが義務付けられる中国政府のアプリが個人情報の収集に使われるので、大会関係者やメディアは個人のスマホを持ち込まないように、といった話も流布していると聞く。アメリカの大統領選挙へのロシアの介入や、台湾における中国のさまざまな世論工作の例を引き合いに出すまでもなく、国家やＩＴ企業による情報操作が当たり前となったいま、皮肉なことに私たちは自分の身に実際にふりかかるまで、世界で起きていることを正確に知ることができない時代に生きているのである。場合によってはしばしスマホを閉じて情報を遮断し、足下の生活に専念することで理性を磨く時間があってもよいのかもしれない。

２０２２・02・20

国交省の統計書き換えと事態を認識しない亡国の徒

北京五輪が2月4日開幕した。しかし、メダルを期待される競技が多いわりに、日本国内ではあまり盛り上がる様子は見られない。あれこれ理由を考えるに、東京2020であらわになった五輪の存在意義そのものの低下に加えて、世界じゅうで覇権主義を隠しもしなくなった中国への嫌悪感や、もはや日本が後を追うこともできない超大国の繁栄への、羨望（せんぼう）や嫉妬があるのかもしれない。

しかしそれ以上に、目下のオミクロン株の感染拡大に対する日本政府の無策、停滞する経済や見る影もない先端技術の凋落（ちょうらく）、危機意識に欠ける政治と霞が関の機能不全など、この国の現状への失望や焦燥や怒りが、海の向こうの五輪への私たち日本人の関心を削いでいるのではないだろうか。

思えば、年初からメディアも社会も暮らしも新型コロナの感染再拡大に押し流され、さしあたり人手不足で生産現場や学校や医療・介護施設などが回らなくなっている状況に誰しも手一杯ではあるのだが、それでも通常国会の予算委員会で、ワクチンの3回目接種をいかに加速させるか、一日の接種回数5千回は十分かといった地方議会レベルの話ばかりが交わされていることに、私たちは心底失望すべきだろう。現に、たとえば昨年（2021年）12月に明るみに出た国交省の統計不正問題について、せっかく集中審議の場が設けられたにもかかわらず、政府と与野党、さらに有権者の関心の低さは眼を覆うばかりで、感染対策云々に押しやられてほとんどまともな質疑にならなかったと報じられている。

さて、この「建設工事受注動態統計」の不正問題はこの国の官僚制度と政治の土台を揺るがすという意味でけっして等閑にできないが、実際には問題の核心部分はなおも霧に包まれたままである。すなわち、検証委員会の調査で、2013年から国交省内で行われた元データの書き換えの手口や、それを隠蔽するための操作とそこで生じた数値の二重計上、会計検査院の指摘を受けてもなお不正を続けた実態、そして不正なデータに基づいた不正な基幹統計がもたらしたGDP（国内総生産）の数値の誤差など、耳を疑うような統計の実態があらわになった一方で、そもそも何のために元データの書き換えが行われたかが謎のままなのだ。

官僚が政権に忖度して、ＧＤＰをよく見せかけるために数値を改ざんしたというのなら、まだ理解できるが、そういう意図はみられなかったらしい。また、書き換えは事業者が毎月提出する受注実績の資料が期限に間に合わなかったり、隔月になったりするケースに対応するためだったという話もあるが、意味不明である。

しかし、統計にデータの操作はご法度だという大原則を破って延々と書き換えを続けてきた理由は分からないものの、それが行われてきた状況を想像することはできる。すなわち、官僚も政治家もこの国ではもとより統計の意味を理解しておらず、政策に正しく活かすことをしたこともない。行政の一部として何となく統計室は存在しているが、予算も人も足りず、もちろん担当者たちに専門知識はない。そうして誰にも重用されない統計室で、日々眼の前の数字をいじるだけの壮大な無駄と空疎が生んだ事態がこれではないか。

２０１９年に発覚した厚労省の毎月勤労統計不正も然り。本来なら基幹統計は国の政策立案の土台であり、後日の検証にも欠かせない国政の要だが、それが軽んじられ、無駄になっている状況は、三菱など日本の製造業が検査データの捏造を繰り返してきた事実と通底する。そして何が起きたか。多くの製造業は経営計画を誤って競争力を失い、国は漫然と失政を繰り返して、１０００兆円超の赤字国債を積み上げているのである。
これから書き換えられたデータの復元作業が行われるが、不正な統計がＧＤＰの数値に与えた誤差は、政府が言うほど軽微ではないという声もある。今国会の予算委員会に並んでいるのは、この期に及んで事のヤバさを理解していない亡国の徒だと言ってよい。

２０２２・02・27

憲法違反を繰り返す政権による改憲とは

このところふだんの暮らしではほとんど意識に上ることのなかった憲法改正の動きが、久々に報じられてドキッとした。安倍元首相の退陣とともに下火になり、岸田首相もさほど熱心には見えなかったのだが、まさに改憲は忘れたころにやって来る。

新聞報道によれば、自民党の憲法改正実現本部が改正に向けた国民運動の全国展開を始動させ、その第一弾の集会が2月6日、岐阜市で開かれたとのことである。集会は非公開で、参加者は地方議員約40名。一般市民を締め出して何が国民運動かと思うが、参院選後に本格化するらしい改正の動きに向けて、地元の機運を高めるための決起集会だったのだろう。

そして早くも10日には、今国会初となる衆院の憲法審査会が開かれるに至ったのだが、新年度予算案の審議中の開催など、聞いたことがない。国民生活に直結する予算案の審議以上に重要なものはないはずの通常国会で、異例の開催を要求した自民党・維新の会・国民民主党の3党は、いったい何を履き違えているのかと思う。

現に安倍政権時代から今日に至るまで、憲法改正が国民の関心事であったことは一度もないし、いまのところ予算案の審議中にあえて憲法審査会を開く理由はどこにも見当たらない。いまは何よりも、コロナ禍で低迷する賃金や増え続ける社会保障費などの将来不安に応えるべきところ、国民が求めてもいない憲法改正のために時間と税金を空費するような政党には、公党の自覚が欠けていると言うほかはない。

さてしかし、憲法論議自体は国会でも国民の間でも、広く正しく行われて然るべきものではある。施行から75年を経た現行憲法は、市井の眼にも時代に合わなくなっている部分があるように思うし、たとえば憲法7条の解散権の規定が、ときの首相による恣意的な行使に援用されている例もある。

ほかにも、53条に基づいた野党による臨時国会の召集要求を、与党がたびたび無視してきた例もある。ちなみに2017年の事例では、野党国会議員が起こした訴訟の控訴審で明白な違憲行為という意見書が出たが、改まるどころか昨年（2021年）7月にも同様の無視が繰り返されて今日に至っている。このことからも、53条をなんとかしなければという問題意識を国民が共有する素地はあるし、それこそ本来の憲法審査会の出番であろう。

しかしその場合も、53条の条文の改定だけが解ではない。むしろ53条の運用を厳密にするためのルールを国会法などに書き加えることを先に検討すべきであるし、何よりもこの問題では、与野党が国会の機能について真剣に話し合うことが求められているのである。

ともあれ、憲法は時代の必要に合わせて改正することができる一方で、そう簡単に改正すべきものでもないというのが正解である。すなわち、改憲のテーブルに載せるのは、厳密に既存の法律の整備で対応できないものに限られるのであり、その意味では岸田政権がまとめた「改憲4項目」のうち、「緊急事態条項創設」と「参院選の合区解消」と「教育の無償化」の三つは除かれて然るべきである。

残る「自衛隊明記」は難題で、現状と合わない9条の条文の整理は必要かもしれない。あるいは、このまま条文を放置しても自衛隊の運営に支障がない以上、あえて改正はしないという選択肢もあるかもしれない。そこは十分な議論が必要であるが、筆者は個人的には後者でよいと考えている。

それよりも安倍政権が9条を恣意的に「解釈」して集団的自衛権の行使容認を閣議決定したことのほうが重大な憲法違反であり、本来ならこれを破棄するか、それとも9条を書き換えるかの議論が行われて然るべきだが、現状では望むべくもない話である。

かくして、改憲をめぐる状況は国民にとってつねに不全感も甚だしいのだが、そもそも9条や53条の例にみられるごとく、憲法違反を平気で繰り返す政権の改憲論については、有権者はひとまず拒否するのが正しい選択だろう。

2022・03・06

「経済安全保障」とは何か？その内実と危険性を問う

年が明けて少しずつ概要が見えてきた「経済安全保障推進法案」が2月末、いよいよ通常国会に提出される。法案の柱は、①半導体など重要物資のサプライチェーン強化、②エネルギー、運輸、金融、放送など基幹インフラの設備の事前審査、③先端技術の官民連携、④軍事転用可能な先端技術の特許非公開の四つだそうである。しかし、本法案の意義や内容については、私たち国民はもちろん、当事者となる企業にすら周知されているとは言えない状況であり、さまざまな不安がわいてくる。

不安は主に三つに分けられる。一つは、この民主主義社会で本来自由であるべき経済活動を国が法律で規制する以上、その合理的な規制の範囲を定めるのはたいへん繊細な作業になるが、なにしろ安全保障の話であるから、実際には多くの部分が国民の眼に見えないヴェールに包まれることとである。

現に本法案では、多くの項目で詳細は国会審議を経ない「政令」や「省令」で定めるとされており、企業や研究者は何がどこでどう引っかかるか分からない状況にさらされることになる。また、規制の対象となった理由や処分が妥当なものか否かの検証ができないと、恣意的な運用が繰り返される恐れもあり、場合によっては企業の損失は小さくないだろう。

もう一つの不安は、この法案が対立を深める米中関係のあおりを受けるかたちで、明らかに中国を戦略的に包囲する目的で制定されることとである。中国によるサイバー攻撃や重要物資の供給制限などに備えたり、先端技術の中国への漏洩を阻止したりすることに一定の合理性はあるにしても、正面切って中国製の通信機器の排除を目指すようなことになれば、これまで経済的に切っても切れない相互依存が続いてきた日中関係へのマイナスは避けられない。

しかも、アメリカと違って日本の場合、経済や外交での中国とのデカップリングはおよそ非現実的でもある。だとすれば、付け焼き刃の経済安全保障推進法で日本が得るものは小さく、むしろ失うもののほうが大きいかもしれない。これが不安の三つ目である。

本来、中国とどのように関わってゆくのかという基本的な枠組みもなしに、中国を仮想敵とするような法律を安易につくるべきではないし、そんなことでまともな法律になるはずもない。安全保障というのなら機密はあって当然だが、国民が機密を容認するためには、首相による十分な基本理念の説明が必要なのである。

現状では、本法案が成立したとしても恣意的な運用で十分な成果が上がらないか、ザル法と化して民間の経済関係はだらだら続くかのどちらかではないかと思う。事実、デジタル化すら満足に推進できない国で基幹インフラの設備の事前審査といっても、複雑多岐にわたる企業個々のシステムの審査を誰がどのように行うのか、必要な人材は確保できるのか、素人目にも疑問符がつく。

また、この手の経済安全保障には外交と対話による補完が不可欠だと思うが、対米従属一辺倒のいまの日本の外務省に、中国と強か(したた)に向き合える人材はいるのだろうか。こうして日中外交の今後を考えるだけでも、この法案については、事前にもっと徹底した議論が積み重ねられるべきだったのは明らかであろう。

そして、いまもって「経済安全保障」なる概念の意味するところが国民に広く知らされないままであることに、私たちはもっと政権への不信感をもつべきである。現政権の掲げる「新しい資本主義」は中身の無さがすぐに露呈したが、経済安全保障のほうは多くの部分が秘密裏に決まってゆくだけに、蚊帳の外の国民は法律が正常に機能するのかどうかも知るすべがない。これでは民間は日中関係の現在地を正確に知ることも難しくなり、ビジネスや文化交流に支障をきたすことも起きてくるだろう。その意味では、これはけっして企業だけではなく、日本人一般に広く関わってくる問題なのである。国会での政府答弁を注視したい。

2022・03・13

III

プーチンの妄執と戦争のできない欧米

日本時間の2月24日、ウクライナ国境周辺に集結していたロシア軍部隊がウクライナ全土の空港や軍事施設への攻撃を開始した。侵攻の目的は、ゼレンスキー政権の転覆とロシアによる傀儡（かいらい）政権の樹立だと見られている。27日の時点で攻撃は首都キーフに迫っており、脱出できなかった市民は地下鉄構内などに退避しているという。

この1カ月、ロシアと欧米の間で繰り広げられてきた神経戦は、裏を返せば、第二次大戦以降最大規模となるロシア軍の侵攻はあり得ず、ロシア側もそれを承知の上で欧米から最大限の譲歩を引き出そうとしていることの証左と見られてきた。現に、ロシアはさまざまな偽情報を駆使して欧米の出方を探り、一方のアメリカは諜報（ちょうほう）活動で得たロシア側の動きを逐一事前に暴露して、ロシアの動きを封じようとしたと言われている。

しかし結果から見れば、民主主義社会の拡大を恐れるプーチン大統領の意思は、欧米が考えるよりはるかに先鋭であり、その妄執はいとも容易に国際法の秩序を打ち砕いてしまった。よもやほんとうに戦争になるとは思っていなかった欧米の市民感覚の通用しない異次元の理屈を、世界は突き付けられた恰好である。

もっとも、ロシア情勢の専門家たちは軍事侵攻の可能性をつねに指摘してきたし、2014年のクリミア併合の前後にもロシアはウクライナ東部で同じような動きを見せていた。世界はたんにその事実を忘れていたのであり、いまどき本格的な戦争は起こせないはずだという希望的観測に漫然とすがってきたに過ぎない。

いや、より正確に言えば、実際に戦争を起こせないのはロシアではなく、欧米のほうなのだ。民主主義社会の豊かさを謳歌（おうか）する人間は、自分たちの生活が戦火にさらされるような事態を何があっても忌避しようとするだけである。加えて、中国と対峙（たいじ）するアメリカはNATO加盟国でないウクライナに軍事介入する余力はなく、それは欧州各国も同様である。そのため対抗手段はどこまでも経済制裁しかないが、豊富な天然ガスを持つロシアに経済制裁はあまり効かない。また、クリミア併合のときの日本のように、制裁の発動も必ずしも一枚岩ではない。

すなわちロシアは、戦争のできない欧米の限界を冷徹に見透かした上で武力による現状変更に出たのであり、世界はそれを非難こそすれ、実際に阻止することはできないというのが正しいだろう。しかも、今回のように初めから軍事侵攻というカードをちらつかせていたロシアに対しては、こちらも軍事介入のカードを持たなければ交渉にならないのであり、事前にそのカードを破棄していたアメリカは、初めから外交的に失敗していたと言ってよいと思う。

　これが21世紀の世界が直面している掛け値なしの現実である。すなわち中国やロシアのような軍事大国はますます力による現状変更をためらわなくなり、戦争のできない欧米にそれを阻止する力はなく、弱小国はひとたび狙われたらほぼ蹂躙（じゅうりん）されるままになるほかはない。そして、シリアやロヒンギャ、南スーダンなどの難民が見捨てられるのと同じく、侵攻を受けたウクライナの市民の悲劇はすぐに忘れられ、目的を遂げたロシアは何喰（く）わぬ顔でユーラシアの盟主におさまり、戦争ができない欧米や日本は、自国の平和を保ってこっそり胸をなでおろすのだ。

　さて、私たちはこの如何ともしがたい現実に慣れてはならない。できることは多くはないが、少なくともこの非合理を直視しなければならない。なぜなら、さまざまなレベルで台湾の世論操作に余念のない中国がいま、ウクライナ情勢をじっと注視しているからである。アメリカも日本も、戦争ができないという状況はおそらく台湾有事でも同じであり、中国はそれを見透かして、軍事侵攻のカードを最大限ちらつかせながら、目的を達しようとするだろう。そのときも、日米ともにあくまで戦争はできないという前提で解を探ることが肝要になるはずである。

2022・03・20

SNS時代の反戦運動
ロシアとNATOの話し合いを

ロシア軍のウクライナ侵攻から11日。すぐにも陥落するとみられた首都キーフの攻防戦は3月7日現在なおも続いている一方、燃料や食料の不足に陥っているロシア軍の士気の低さなど、予想外の事実も報じられている。それでも、西部を除く全土で主要都市への攻撃が行われており、4日には欧州最大のザポリージャ原発が砲撃を受け、世界を震撼(しんかん)させた。これまでポーランドなどへ逃れたウクライナ難民は150万人を超え、双方の兵士と民間人の犠牲者は増え続けている。

この11日間、世界は21世紀の東ヨーロッパで起きている戦争を、固唾(かたず)を呑んで見つめているが、精密誘導のミサイルが多用される現代の軍事侵攻では、攻撃されている街に兵士や戦車の姿は見えず、現地に入っている海外メディアの数も限られているのか、市民の犠牲者の姿が直截に伝えられることもほとんどない。また、ロシアとウクライナ双方が発表する情報はいずれも錯綜しており、正確な戦況や犠牲者の数などはようとして知れないが、代わりに軍事衛星がロシア軍の車列を鮮明に捉えており、そこから作戦の進捗状況を摑んでいるような状況である。

この情報化時代に、まるで磨りガラスを通して眺めるような不透明さだが、これは依然として本格的な市街戦にはなっていないことにもよるのだろう。その一方、８年前（２０１４年）のクリミア侵攻のときとは異なり、国連から街角の市民まで、まさしくＳＮＳ全盛の時代にふさわしい反ロシアのうねりが世界を駆け巡っている現状は特筆に値する。たとえば欧米や日本はいち早く国際決済ネットワークからロシアの主要銀行を締め出す最終カードを切ったほか、欧米の企業は相次いでロシアからの撤退を決め、ドイツは戦後初めてウクライナへの武器供与に踏み切り、永世中立国のスイスまでがロシア資産の凍結に乗り出した。

さらに、ＩＯＣやＦＩＦＡはロシアを競技から締め出し、国連総会は2日、ロシア非難決議案を１４１カ国に上る賛成で採択した。またロシア国内でも侵攻に反対する大規模なデモが繰り返され、日本を含む世界各国の街角では、市民がウクライナ国旗を掲げて連帯を謳っている。こうした世界規模の反戦機運の盛り上がりは、ベトナム戦争以来ではないかと思う。

21世紀のいまも戦争を始めるのは国家だが、反戦の声はいまやSNSによって驚異的なスピードで世界の市民に拡散し、それがウクライナ支援に直結してゆく。謂わば侵攻するロシア軍を、世界じゅうの市民の手のなかのスマホの発信が包囲しているのである。国家によって偽情報の拡散や陽動にも使われるSNSが、一方では核兵器の使用をちらつかせるプーチンの狂気を暴き、空爆にさらされる市民の悲劇をリアルタイムで伝える。これこそ21世紀の戦争の新しい局面であり、国家ではないGAFAが国家の上に覆いかぶさるかたちで、戦争のあり方を変えてしまったと言えるかもしれない。

ただしそんなSNSも、一発のミサイルや核兵器の前では完全に無力である。これまでに行われた2回の停戦交渉では大きな進展は見られず、このまま戦闘が長引けば、ロシアが核兵器を使用する可能性もゼロではない恐ろしい地点に、世界は差しかかっている。

ところで世界は、そもそもロシアとウクライナの国民を分断した「東と西」という冷戦期の価値観を清算する時期に来ているのではないだろうか。独立国家のウクライナに「西」を目指す自由はあるが、そのことが「東」に敵視の口実を与えているのだとしたら、世界がいまも漫然と据え置いたままにしている「東と西」という価値観こそ解体するべきであろう。こうして両陣営の対立を煽り、戦争も辞さないのは既得権をもつ双方の政治家であって、国民は東も西もないはずである。ここは、旧東欧圏へ拡大を続けてきたＮＡＴＯのあり方の見直しや、ロシアとＮＡＴＯの建設的な話し合いへ向けて、世界がもう一段の働きかけを強めるときだと思う。

２０２２・03・27

ロシアによる非道な侵攻と「新たな核の脅威」

ロシア軍のウクライナ侵攻が始まって2週間。ロシア軍は全体的な準備不足に加えて、そもそも制空権を奪うような大規模な近代戦には不慣れだったという驚きの事実も見えてきたところである。それでも、ウクライナの主要都市の多くはミサイル攻撃や爆撃で破壊され、国外へ逃れた避難民はすでに200万人を超えた。間もなく態勢を立て直したロシア軍の総攻撃が始まるとも言われている。

ここへ来てようやく現地の様子を伝える報道も増え、戦火に追われながら避難する市民の姿や瓦礫（がれき）と化した市街地の惨状に、世界は大きな無力感に苛（さいな）まれる日々である。すなわち、稼働中の原発を砲撃するようなプーチンの狂気に対して、どの国も経済制裁以外に為すべがない無力感であり、自国が戦争に巻き込まれないためには、このままウクライナが焦土となって降伏するのを見守るほかないことへの無力感である。

この状況を遠い日本で眺めている私たちは、片や東日本大震災から11年を迎え、ウクライナの避難民や瓦礫の街の光景に、あの日の被災地の姿が重なって見えた人も多いのではないだろうか。もちろん戦争と自然災害はまったく別ものではあるが、眼の前で家族や家を津波に奪われた人、命からがら逃げた人、吹雪のなか家族を探し歩いた人、すべてを失って避難所でうずくまった人などなど、被災者個々の絶望や悲しみは、いまウクライナ市民が感じているそれと大きくは違わないはずだ。戦災も震災も、個々の住民の与り知らないところで起き、ひとたび起きたなら、右も左も分からないまま逃げ惑うのは住民である。

また、東日本大震災とウクライナが重なって見えるもう一つの理由は、やはり原発だろう。一般に自然災害では、喪失の無念をどこへもぶつけられない苦しさがあるが、こと福島第1原発の事故についてはその限りではない。奇しくも1986年のチェルノブイリ原発事故も福島の事故と同じレベル7であり、原発の周囲30キロ圏内は住民の強制退避で無人となった。あれから35年、チェルノブイリ原発は石棺に覆われていまなお冷却が続き、12年目の福島第1原発は言うに及ばない。どちらもいまなお廃炉の道筋が見通せないなか、未曽有の事故によって故郷を追われた人びとの無念と不条理を、今回あらためて思い起こしたのは筆者だけではないと思う。

そのチェルノブイリ原発が、ロシア軍の侵攻当日に真っ先に占領されたのを皮切りに、3月4日には欧州最大のザポリージャ原発が砲撃されるのを世界は目撃した。ロシア軍の目的は電力の掌握だと見られているが、戦火が広がるウクライナでは、15基ある原発が一つ間違えば欧州全滅となるような危機的状況に置かれているのである。こんな事態を誰も想像していなかった証拠に、EUは年初に脱炭素の切り札として原発を活用する方針を打ち出し、日本企業も今年に入って小型原子炉の開発に走り出したところだが、これで原発の見直しは必至となろう。

それにしても、ロシア軍のウクライナ侵攻という狂気の戦争を目の当たりにして、人類はやっと原発が戦争を前提にしていないことに気づいた恰好である。しかも、原発1基にミサイルを撃ち込めば、核攻撃と同じ効果が得られるとすれば、理屈の上では核をもたない国もその気になれば、核をもつ国と同じ威嚇が可能になる。そう、ロシア軍によるウクライナの原発攻撃はまさにパンドラの箱を開けたのであり、これを境に世界はまさしく新たな核の脅威に直面したということだと思う。

東日本大震災から11年、被災地の復興は依然、希望と諦めのまだら模様であるが、どこがどうなれば復興と言えるのか、人によって受け止め方はさまざまである。そうして毎年3月になると気持ちが揺れ動くのだが、今年は遠くウクライナに広がる戦火が震災もコロナ禍も押し流しがちになり、多くの人が落ち着かない心地で、2週間前とは様変わりしてしまった世界を眺めていることと思う。

2022・04・03

核保有国の起こした戦争
世界は即時停戦に動け

ロシア軍のウクライナ侵攻から1カ月。世界は文字通り様変わりした。戦況は、ロシア軍の苦戦がさらに顕著となり、劣勢を挽回するための無差別攻撃の激化で廃墟と化した東部の都市マリウポリでは、市民数千人がロシアへ強制連行されたとも伝えられている。また、すでに兵士1万人以上が戦死したとされるロシア軍は、シリアでも使った生物化学兵器を使う可能性が指摘されており、ウクライナ側の避難民はすでに1000万人に達している。

学校や病院などへの無差別攻撃が当たり前のように行われる光景は、かつてシリアやチェチェンの内戦でいやというほど見せつけられたものである。当時、国際社会はロシアやアサド政権への非難を繰り返しこそすれ、住民の殺戮（さつりく）を止めるために一丸となったとは言い難かった。ひるがえってウクライナ侵攻はけた違いに深刻な国家同士の戦争であり、心底あわてた国際社会は今度こそ一丸となって制裁に動いているが、必要があれば核攻撃も辞さないと豪語するような国に対して、国際社会ができることはけっして多くはない。

そう、1カ月で様変わりした世界とは、核保有国の起こした戦争に国際社会は武力介入できないことが明らかになってしまった世界のことである。その結果、国際社会がどんなに結束しても、世界有数の軍事力をもつ国が始めた戦争をそう簡単に止めることはできないという厳しい現実に世界は直面しているのである。もちろん、今回各国が見せた結束力は、国際法に基づいた秩序への意志を鮮明にするという意味では十分に機能していると言えるだろう。日本も、平和条約交渉や資源確保といった従来の国益を犠牲にして対ロシア非難に与（くみ）したわけで、台湾を狙う中国を念頭にひとまず最大限の意志を示したと言ってよいと思う。

とはいえ、この先に待ち受けているのはどんな結末だろうか。そもそもウクライナ侵攻を決断したロシアの時代錯誤と、女性たちに火炎瓶やライフルをもたせて祖国防衛に駆り立てるウクライナの、国家としての有りようの特異さを見たとき、停戦交渉がまともに進む可能性は大きくはないだろう。そうして各国の軍事支援による大量の武器のおかげで泥沼は長期化し、犠牲者は増え続け、停戦するにしろ降伏するにしろ、焦土となったウクライナは地域の最貧国になるほかはないだろう。また、ロシアも早晩の経済破綻は必至と言われており、最終的に勝者のいない戦争になるのは必至である。

そんな不毛な戦争に対して、国際社会はもっとシビアに向き合うときではないか。ロシアへの経済制裁と並行して、ウクライナに対しても武器の供与をやめ、これ以上市民の犠牲を増やさないために即時停戦を強く促すべきではないのか。Ｇ７各国の議会で軍事支援を呼び掛けるゼレンスキー大統領を英雄視するのではなく、それこそ国際社会が結束してプーチン大統領との直接交渉を具体的に仲介すべきではないのか。その上で、ロシアとウクライナ双方の顔を立てるような現実的な落としどころを探るべきではないのか。

核保有国の武力侵攻という禍々(まがまが)しい事態を目の当たりにしたこの１カ月、私たちの感情は大きく揺さぶられた。とはいえ、先の国連総会でのロシア非難決議に１４１カ国が賛成を表明したといっても、40カ国が反対もしくは棄権したのであり、ある意味国際社会の結束は自ら(おのずか)世界の分断を加速させたとも言える。だとすれば、ロシアの行為を人道危機や戦争犯罪と指弾する前に、国際社会は目の前の戦争をとにかく止めるために動くことが先決だろう。ロシア軍をウクライナ領内から撤退させ、ウクライナにはＮＡＴＯ非加盟を約束させ、ひとまず武力侵攻前の国境に戻させるのだ。

かつてのような機軸を失った世界では、何が正義かを言うのは難しい一方、分断は実に簡単につくられる。ウクライナに対する国際社会の結束を両刃の剣にしないために、いまこそ大局を見据えた冷静な眼差し（まなざ）しが必要である。

2022・04・17

ウクライナ危機が経済を直撃
稼げる産業を育成せよ

社会や暮らしが一斉に新しくなる4月である。しかし、3月29日に始まったロシアとウクライナの停戦交渉が早期に進展するという声は聞こえず、日欧米がロシアへの経済制裁を解く気配もない。2月末の侵攻以降、石油や天然ガスなどのエネルギー価格の上昇は世界経済を直撃しており、日本でも3月31日のレギュラーガソリンの店頭価格は1リットルあたり174円、企業物価指数は前年同月比で9・3%上昇した。4月からは電気・ガス料金、食用油、輸入小麦など生活必需品の値上げが相次ぐ。

とくに輸入品は、コロナ禍を脱した海外の需要回復に加えて輸送コストの上昇で価格が上がっているが、戦火の影響もある。小麦の輸出大国だったロシアやウクライナからの供給が止まったことで、ウクライナの小麦に頼る中東・北アフリカ諸国では小麦の輸入が途絶え、国民が飢える事態になっている国もあると聞く。

幸い日本はいまのところ食糧危機にまでは至っていないが、3月29日に一時、1ドル125円へと急落した円相場が、先行きへの不安をそっと運んできた。もともとアメリカの金利上昇が円を売ってドルを買う円安の流れをつくっていたところへ、日銀が国債の長期金利の上昇を抑えこむために、28日から3日間、0・25%の利回りで無制限に国債を買い入れる「指し値オペ」を繰り返したことが円安OKのサインとなり、円急落の引き金になったと言われている。

金利が上がると、金融機関から買い入れた大量の国債の利払いで逆ザヤが生まれ、日銀は債務超過に陥る。また、日銀に低金利で大量の国債を買ってもらって借金を重ねてきた国も、金利が上がれば利払い費が増大して国庫は火の車になる。異常な円安にもかかわらず、日銀や国が金融緩和をやめられない理由はこれである。

円安で輸出企業が潤ったのは昔の話であり、製造業の海外生産が増えた今日では輸出増にはつながらない。労働者の賃金がいつまでも上がらないなかで円安による物価の上昇が始まっている目下の状況は、ますます景気低迷に拍車をかけるが、それだけではない。食べるものにも事欠く人、路頭に迷う人、十分な教育を受けられない子どもたちを身の周りに日々生み出しているのである。

折しもコロナ禍で生活基盤を失った人への生活福祉資金の特例貸し付けの返済が来年（2023年）から始まるが、緊急小口資金（最大20万円）や総合支援資金（月20万円×3カ月）を上限まで借り入れても苦境を乗り切れていない人びとが、貸し付けの窓口である自治体の社会福祉協議会に助けを求めているという。食べるものがない、家賃が払えない、親の介護費用が払えないといった相談の深刻さは、同時代の誰にとってもけっして他人事ではない。スーパーに並んでいる食料品の値上がりは、やがて生活のすみずみにじわじわと波及してゆき、中流の暮らしであっても、昨日まで買えていたものが今日からは手が出せない、5個買えていたものが3個しか買えない、ということが起きてくるのである。

こうした生活レベルの低下が徐々に積み重なってゆけば、令和の日本人は物理的・精神的に追い詰められ、社会全体が疲弊してゆくのは必至である。だからこそ、さまざまな改革はどれも一刻を争うのだが、政府も経済界もあまりに真剣味が足りない。賃金が上がらないのは、端的に稼げる産業が少なくなったからであり、稼げない産業が残り続け、失業者も出ないのは雇用調整助成金が無定見につぎ込まれているからであり、企業も働き手もそこに胡坐をかいて、あえて動こうとしない。

いま求められているのは稼げる事業の育成であり、雇用維持より積極的な労働移動だと言われている。何がなんでもそうして変わってゆくべきときに、国交省は「建築物省エネ法改正案」の今国会上程を見送るのだとか。参院選前に統計不正追及をかわすためらしいが、国民には、脱炭素の目標に平気で背を向けるような政府とのんびり並走している余裕はない。

2022・04・24

情報戦としてのウクライナ国家に肩入れせず、停戦を

ロシア軍のウクライナ侵攻が欧米や日本にもたらした感情を一つ一つ振り返ってみる。最初にやってきたのは、いまどきヨーロッパでこんなことが――という大きな驚きだった。次いで、ミサイル攻撃を受けている街や国外へ逃れる避難民の群れが紛れもない現実であることに、ひどく困惑した。そして侵攻から数日のうちに、日欧米各国では政府も市民もウクライナ支援で一斉に連帯し、一方では一般市民を戦火にさらしているロシアへの非難も急速に広がった。近年はオリンピックですら世界がこんなに一つになることはない。そう考えると、こうしたウクライナ支援とロシア非難一色の空気は長らく経験したことのなかったものであり、ヨーロッパで勃発した戦争に、世界はある意味

興奮状態だったと言えるかもしれない。

もっともロシア非難で結束しているのは日欧米だけで、中国やインド、アジア、アフリカ諸国の多くはまた異なる眼でウクライナを見ている。ウクライナ支援の大合唱にかき消されがちだが、市民への無差別攻撃や核の脅しも、個々の国益や国情によっては、数ある武力紛争の一つに過ぎないのが世界の冷酷な現実である。

そして日が経つにつれ、当初の予想に反して圧倒的戦力を誇っていたはずのロシア軍の苦境が明らかになる一方、ゼレンスキー大統領が各国の議会で次々に軍事支援を訴える、ウクライナの巧みな攻勢が際だつようになった。こうしてウクライナは、可能な限り自国に有利な条件での停戦を実現するためにロシア軍に徹底抗戦する構えを崩さず、日欧米各国はその強かな戦術に取り込まれて、今日に至っている。

侵攻から6週間、ロシア軍は首都キーウからほぼ撤退し、東部に軍を再配置してドネツク州やルガンスク州の制圧にかかっているが、この間に遠い日本の一生活者にも見えてきたことがある。当初、砲撃やミサイル攻撃を受ける建物と避難民の映像がわずかに伝わってくるだけで、なぜこんなに情報が少ないのか不思議だった。しばらくして海外メディアが破壊された街の映像を流すようになったが、そこでも映っているのは消火に追われる消防士ばかりで、ウクライナ兵の姿はなかった。一方、ロシア軍が退却を始めると、破壊された街の至るところにロシア軍の戦車が打ち捨てられている映像が流れるようになり、私たちは激しい市街戦があったことを知ったのだが、それでもウクライナ軍の影はほとんどなかった。実際にウクライナ兵を見たのは、カメラが市民の虐殺があったとされるブチャの街に入ったときである。

すなわちウクライナでは、軍への攻撃を避けるためにあらゆるレベルで徹底的に映像が隠されていたということである。ブチャでは大統領が虐殺の視察を行うのに合わせて兵士の姿も撮られたのだろう。また報道では、ウクライナ軍は侵攻に備えて事前に街道沿いに塹壕（ざんごう）を掘ってロシア軍を迎え撃ったとのことなので、それも姿が見えなかった一因に違いない。

いずれにしても、ウクライナはけっして無防備だったのではなく、侵攻当初から綿密に計算された情報戦を戦っていたことになる。現代の戦争は単純な武力と武力の衝突ではない。世界はまさに今回、ＳＮＳによる情報操作やインテリジェンスを駆使したハイブリッド戦の実例を見たと言ってよい。そこでは残虐や悲劇もまた演出され、正義や勇気も演出され、どこまでが実際に起きていることなのか、私たちは判断ができないまま情報の嵐にさらされ、共感や反感といった感情の渦に巻き込まれる。

とはいえ、どんな戦争も国家権力の所業である以上、どちらが正義ということはなく、私たちは所詮、国家が演出したストーリーに乗せられてどちらかの片棒を担がされているに過ぎない。砲弾の下のウクライナ市民の恐怖を真に思うなら、種々の理由をつけて戦争を遂行する双方の国家に対して、どちらか一方への肩入れや制裁ではなく、即時停戦の働きかけで、世界は一丸となるべきである。

2022・05・01

憲法改正をめぐる嘘
国民は政府を見抜く目を

行楽シーズンである。国内各地はどこも3年ぶりのゴールデンウイークの賑わいとなって、この間にいつの間にか1ドル130円を超えてしまった為替レートも、ガソリン価格の高騰も、都心で食糧の無料配布の列に並ぶ生活困窮者の姿も、知床沖で乗員乗客26人を乗せた遊覧船が沈没した海難事故も、なおも一進一退の膠着状態が続くウクライナ情勢も、日本人一般の消費意欲を減退させることにはならなかった。

そうして久々の行楽を楽しむ傍ら、私たちは憲法記念日に合わせて発表される各種世論調査を眼にしたのだが、『朝日新聞』の調査では、明らかに憲法改正への抵抗感が薄れているという結果だった。たとえば緊急事態条項のうち、国民の権利を一時的に制限できるようにする改正について、「憲法を改正して対応すべき」が59％、「その必要はない」が34％。自民党支持層では「憲法を改正して対応すべき」が66％、立憲支持層でも43％に上っている。これはコロナがいくらか下火となって、人びとが積極的になりつつある日本のいまを象徴している数字ではあろう。

但し、郵送で行われた今回の調査は質問項目が非常に多く、最後まで眼を通すだけでも一時間以上かかるほど長大だったことから、回答者は一つ一つ熟考する手間はかけられなかったに違いない。そのため、非常時に政府が国会審議を経ずに一方的に国民の権利を制限できるという自民党案の重大さを、回答者が見過ごしてしまうこともあったのではないか。たんなる世論調査の数字ではあっても、その結果は同時代の空気を映す鏡となり、多方面へ反射してゆく。この手の調査でもう少し設問に工夫が求められる所以である。

一方で、私たち国民の側が設問の意味を正確に把握しきれていないと思われるケースもある。いわゆる「敵基地攻撃能力」の保有については賛成44％（２０１８年調査時33％）、反対49％（同60％）という結果であるが、他方、専守防衛については「今後も維持すべき」が68％(同69％)、「見直すべき」が28％(同25％)となっている。これは、敵基地攻撃能力が当然のことながら先制攻撃に使われ得るものだという大前提を、回答者が理解していないことから生じた矛盾だろう。敵基地攻撃能力は、あらゆる意味で専守防衛を逸脱するものだからである。

日本社会の右傾化が言われて久しいが、私たちの多くは自民党議員や日本会議系の人びとの言説をきちんと理解していない。たとえば日本が中国と軍事力で張り合うことなど現実には不可能な状況の下、中国に届くような長射程ミサイルをもつことは何を意味するか。日本が10発撃つうちに、中国から100発撃ち込まれて日本が火の海になるということである。またたとえば、沖縄と南西諸島が本土防衛の最前線になるが、いざとなれば米軍はグアムに撤退できるのに対して、自衛隊や日本の住民に逃げ場はない。中国の脅威は紛れもない事実だが、中国に軍事力で対抗するのは、どんな意味でも幻想でしかないのだ。

私たちが周到に考えるべきはむしろ、軍事力ではとうていかなわない相手に対して、いかにして決定的な対立を避けるかである。そのためには民間の経済関係の維持と経済安保の舵取り、友好関係が成立するところは成立させる外交の深化が不可欠となる。その上で有事の備えというのなら、必要なのはミサイルよりも、ミサイル攻撃に備えた地下シェルターの整備だし、増強すべきは重火器よりもサイバー戦の能力だろう。

幸い、日本はまだ戦争の何歩も手前にいる。知恵を絞り、努力を重ねる時間がある。

ただし憲法改正も安全保障のあり方も、ときの政府によって決まってゆく以上、私たちが真っ先にすべきは真に信頼できる政治をもつことである。敵基地攻撃能力を専守防衛と言ってのけるような政府に、憲法改正を語る資格はないが、そもそも国民が政府の嘘を見抜く力をもたなければ信頼に足る政治はもてないのが、道理というものである。

2022・05・29

復帰50年
沖縄と本土が手を携える日

この5月で沖縄の日本復帰から50年になる。と言われても、残念ながら本土ではピンと来ない人が圧倒的多数ではないか。日ごろからできる限り関心を持つよう努力している筆者でも、心理的に沖縄はやはり遠いままであり、どうしても身近にならない。琉球処分にまで遡る歴史を知っていてもそうなのは、沖縄が置かれてきた差別的状況や、それを放置したままの日本政府の非情を思うのが精神的にきついからだし、米軍専用施設の7割が沖縄に集中している非合理を同じ日本人として憤りこそすれ、ではどうすればよいのかと自問しても答えがないことに疲れ果てているからかもしれない。

とはいえ、沖縄の人は精神的にきつくとも現実と日々向き合うほかはないし、疲れ果てたからといって暮らしを投げ出すことはできない。国が押しつけてくる理不尽な負担に反対の声を上げても、負担軽減の約束はつねに空手形に終わり、選挙で示した民意はいつも国によって無視されて、米軍機は今日も頭上を飛び続けるというのが、沖縄の50年だったと言ってよい。それはまた、日米安保条約の下で、在日米軍と自衛隊の運用に伴う基地負担の多くを私たちが沖縄に押しつけてきた50年であり、負担軽減どころか、台湾有事が絵空事ではなくなったいまでは、沖縄の戦略的重要性は逆に増しているのが現実である。

復帰50年に合わせて行われた朝日新聞と沖縄タイムス、琉球朝日放送の合同世論調査では、県民の61%が在沖米軍基地を「減らすのがよい」と回答。「今のままでよい」が19%。全国調査では「減らすのがよい」が46%の一方、「今のままでよい」が41%に上った由。日常的に中国の脅威が語られる今日、本土では沖縄への基地集中もやむなしと思う人が少なくないということだろう。また、日米安保条約を維持することについては、沖縄で賛成が58%なのに対して、全国では賛成が82%に達する。沖縄でも県民の半数以上が日米安保を受け入れているという数字に、対中国の最前線になっている沖縄の危機感とジレンマが覗(のぞ)く。

国の無策と思考停止が続くなか、復帰50年はたんなる節目などではない。というのも、沖縄が背負っている安全保障上の非情な現実は、いまや本土も無縁ではない普遍的な話だからである。ロシアに攻め込まれたウクライナの状況を見れば一目瞭然のように、在日米軍や自衛隊の基地を抱える自治体は、沖縄や南西諸島に限らず、本土もまたまったく同じ危険にさらされる。弾道ミサイルの使用が当たり前の今日、生活圏に軍事施設や陸海空の自衛隊基地をもつことが孕む潜在的な危険性が、けっして沖縄だけの問題ではないことを、本土の住民もそろそろ正確に知るべきときだろう。

さらに言えば、日米のインド太平洋戦略で日本が中国と対峙する最前線になっているのは、すなわち日本が戦場になることを意味する。島嶼防衛の名目でミサイルが南西諸島に配備されれば、そこが最初に狙われ、島民たちは逃げ場を失う。同じことは時間差で沖縄本島や本土でも起こり得るが、自衛隊も米軍も迎撃に手一杯で、私たち民間人を守る余裕はない。

そう考えたとき、沖縄が直面している現実の深刻さが、本土の私たちにも見えてくるというものだし、確実に私たち自身にも降りかかってくる問題として、捉え直すことができるはずだ。歴史的にも文化的にも異質な沖縄を身近に感じることはできなくても、有事のときにはまったく同じ危険にさらされるという意味で、本土と沖縄は完全に地続きだと言うこともできる。文字通り、沖縄の危険は本土の危険なのだ。これは私たち本土の住民が沖縄を見るときの新たな視点になると思う。

今回の合同世論調査では、沖縄と全国ともに国の対米追従外交への不満が際立った。新たな「日米合同作戦計画」で米軍との一体化が加速する現在、戦場になる沖縄と本土の日本人が手を携えて、国に安全保障政策の見直しを求めてゆくというのは夢物語だろうか。

2022・06・12

「経済産業政策の新機軸」参院選で本質を見抜け

来月（2022年7月）に迫った参院選で有権者が重視するのはやはり経済だと思われるが、国民の一番の関心事であるときどきの経済政策は、いったいどれくらい信頼に足るものなのだろう。今世紀に入って産業の多くが競争力を失い、世界の経済成長から完全に取り残されて、一人当たりのGDPも28位まで転落した日本の経済政策が、それなりに妥当なものであったはずもないが、そのことを国も国民もどのくらい自覚しているのか。

アベノミクスの量的緩和で市場にあふれたマネーは、この国では新たな設備投資や研究開発よりも企業の内部留保に回ってしまい、結果的に競争力を失った企業を温存させせて経済の新陳代謝を妨げることになった。そうしてデジタル化でもEVシフトでも再エネでも世界から周回遅れとなり、回復した世界経済を後目に日本の景気はなおも低迷したまま、出口が見えない状態が続いているのだが、この現状について国はけっして政策が誤っていたとは言わない。そうして国はアベノミクスの看板を下ろさないまま、隣に「新しい資本主義」という新たな看板を掲げて国民をけむに巻くのである。

現に、成長と分配を目指すという「新しい資本主義」は具体策に乏しく、いま現在動きだしている経済政策は、前政権時代に経産省の産業構造審議会が打ち出した「経済産業政策の新機軸」という方針に基づいたものである。そして、昨秋に始まった議論の中間整理案が4月末に示され、経産省のホームページに公表されているのだが、派手なお題目が並ぶばかりでどの程度真剣に精査されたものか分からないこともあり、メディアの扱いは小さい。むろん、国民に向けた首相の説明もない。

とはいえ昨年末、台湾の半導体メーカーの新工場誘致に4000億円もの補助金支出が決まったのも、この「新機軸」に含まれる経済安保の方針に基づくものであり、けっしてこのまま看過してよい話ではないだろう。なにしろ、これまで経産省が主導した官民ファンドや国家プロジェクトは、ほとんど失敗しているからである。にもかかわらず、「新機軸」の主眼は産業政策における「大規模・長期・計画的」な国の財政出動にあり、これまで以上に国は重要産業に税金を投じて保護してゆくことになる。いわば令和の護送船団の復活であり、このままでは企業が棚からぼた餅の補助金や優遇措置に甘えるのは必至だろう。

ちなみに「新機軸」が謳う脱炭素社会やデジタル社会、災害に対するレジリエンス社会への「大規模・長期・計画的」な投資は、税金を投じる以上、あくまで透明性と説明責任が担保されているべきだが、異動の多い官僚にもとより「長期」に責任を問うのは無理である。また、先ごろ成立した経済安保推進法も、国会審議を経ない政省令で詳細が決められる不透明さが問題となっているが、こうした官民共同では、国民の知らないところで自社の都合を優先する企業のロビー活動が物事を動かしてゆくのであり、もちろん最終的に誰も責任を取らない。こんな「新機軸」が成功するほうが不思議というものではないか。

4月末、経産省は「新機軸」に伴う官民の投資を2030年に現在の1・5倍の172兆円に引き上げるとする中間報告案を有識者会議に提出し、事態は本格的に動きだした。しかし、この方針が打ち出された一年前、日本の長期金利はなおも安定的に低いままだったが、今年2月以降はアメリカの急速な利上げに伴って日本国債の金利が上昇し、日銀は指し値オペで国債を買い支えて金利上昇を抑え込まざるを得なくなっている。

このように一年前と違って長期金利の急騰もあり得ない話ではなくなっているいま、「大規模・長期・計画的」な財政出動にどこまで現実味があるか、国は速やかに頭を冷やすべきである。さらに、今年度末には有期雇用契約の期限切れで1672人もの若手研究者が雇い止めの危機を迎える。こんな事態に頬かむりして、なにが「経済産業政策の新機軸」か。

2022・06・26

食糧危機こそ安全保障の課題 多国間協議を

6月になってもウクライナ侵攻が続いていることなど、開戦時に誰が想像しただろう。また、穀物の輸出大国であるロシアとウクライナの戦争によって中東や北アフリカに広がる食糧危機。さらにはロシアへの制裁で団結した日欧米が、ロシア産原油や天然ガスの出荷停止や削減で逆に苦境に立たされている現実なども、春先には想像もしなかったことである。

そして先月（2022年5月）はアメリカのバイデン大統領が自ら日韓へ足を運び、23日には岸田首相との首脳会談、翌24日には日米豪印4カ国（QUAD（クアッド））の首脳会合に臨んでみせた。言うなれば、軍事的にも経済的にもかつてほどの力はないアメリカが、必死に同盟国の結束を確認し、中国を強くけん制した恰好だが、インド太平洋地域の新しい経済枠組み（ＩＰＥＦ）の発足を含めたこの一連のドタバタも、一昔前ならあり得なかった風景だろう。

しかも、日米ともに協議の中身が事前に十分詰められていなかったらしい。その証拠に、記者会見でバイデン大統領は台湾有事の際の軍事介入を明言して周囲を驚かせ、国防省があわてて従来の「あいまい戦略」に変更はないことを強調する始末だった。また日本は日本で、防衛力の抜本的強化や防衛費の大幅増額について、国会でほとんど議論しないまま首相が勝手にアメリカに約束してしまったのだが、双方ともあまりに言葉が軽い首脳会談ではあった。

実際、アメリカが日本に約束した核兵器による「拡大抑止」や台湾有事での直接介入は、中国との軍事衝突を意味する。従って現実にはあり得ないと考えるほうが常識的だし、そもそも日本や台湾のためにアメリカがそこまでの犠牲を払う合理的な理由もない。とすれば日米同盟とは、どこまで行っても実質的な意味はない約束と、高価な防衛装備品でアメリカの軍需産業が儲（もう）けるためのシステム以上のものではないとも言える。

もっとも、これに代わるシステムもまたないのが現実であり、実際に軍事衝突や核戦争が起きてしまえば東アジアは全滅することを思えば、本ものの軍事衝突を回避するための口約束や言葉でのけん制の繰り返しと軍備増強は、中国のような覇権国家と対峙するための次善の策ではあるのだろう。

さてしかし、QUADにしろIPEFにしろ、こうした相次ぐ中国包囲網を日本外交の成果と呼ぶのは的外れだし、政府はせいぜい防衛費増額という漁夫の利を得たに過ぎない。しかもいま現在は中国の脅威よりも、ロシアの禁輸や輸出制限による穀物価格や化学肥料の高騰と、それによる世界的な食糧危機のほうがはるかに差し迫った脅威である。本来なら日米やQUADはこの問題こそ協議すべきであり、それでこそ多国間の連携が活きるというものだろう。

たとえば、食糧危機のかなりの部分が長引くウクライナ侵攻から来ている以上、これをできるだけ早期に停戦にもってゆくことが不可欠であり、いまこそ欧米とアジア、アフリカ各国が本気で協議の場を設けるべきである。折しも国連世界食糧計画（WFP）は「第二次世界大戦以来、目にしたことのない」大惨事と警告しており、私たちは数カ月のうちに世界規模で広がる飢餓の光景を目の当たりにする可能性が高い。日米やIPEFがいま話し合うべきはこの問題のほかにはないはずだ。

農地があっても肥料がなく、世界的な収穫量の減少と買い占めで食糧価格の高騰が止まらない危機は、日本も例外ではない。食糧の安定供給はまさしく安全保障の課題だが、これがすでに厳しくなっている以上、国民としては言葉が躍るばかりの「拡大抑止」より、米や大豆の増産と備蓄の話を聞きたいと思う。あるいは途上国支援や国際協調の話を聞きたいと思う。このままでは日本でも本格的な食糧不足に陥る可能性は十分にあり、そうなれば私たちは生存のためのまったく新しいフェーズに入ることになるが、必要なのは種々の新たな食糧生産やそれに関連した技術開発であって、軍拡競争でないことだけは確かである。

2022・07・03

元首相襲撃、通信障害…この国の深刻な危うさ

参院選は、直前の7月8日に安倍元首相が奈良市内で応援演説中に銃撃されて死亡する悲劇に見舞われたが、幸か不幸か犯行に政治的背景はなく、選挙は事前の予想どおりの与党勢力圧勝で終わった。そのため、元首相の悲願でもあった憲法改正と防衛力強化に向けた動きだけは具体化しそうである。一方で日本経済の苦境は続き、円安も止まらず、国民生活の疲弊は一層ひどくなるとみられるが、それこそ選挙で現政権を信任した国民の選択と言う以外にない。

ところで、選挙前に発生した携帯電話大手KDDIの大規模な通信障害による3915万回線の大混乱、そして全面復旧に86時間もかかったお粗末な事態に、筆者は

あらためてこの国の危うさを見せつけられた気がした。一つは、十分な使用環境の整備がされないまま幅広い分野でサービスへの依存が進んでいる危うさであり、もう一つはいまやライフラインである携帯電話事業を適正に担うだけの能力と責任を、事業者も国も欠いている危うさである。

前者では、たとえば110番や119番の緊急通報ができなくなったほか、家電や車などにつながるIoT（モノのインターネット）のデータ通信が使えなくなり、影響は物流、金融、病院、介護、気象観測などに及んだ。気がつけば日常のあらゆる業務で携帯電話を使わない日はない今日、利用者は万一の場合の代替手段もないまま、障害が起きて初めて事の重大さに気づいた恰好である。

また後者については、携帯大手の通信障害はこれが初めてではない。2012年12月にKDDI、18年12月にソフトバンク、21年10月にはNTTドコモが大規模な通信障害を起こし、音声通話やデータ通信ができなくなった。その後、総務省は3社に緊急点検をさせたが、ドコモの障害から一年足らずでまた今回の大規模障害が起きたことになる。ふつうに考えればこれは事業者の側に深刻な技術者不足、もしくはシステムの根本的な欠陥があるということだろう。

報道によれば、今回の障害はメンテナンス作業中にデータを仕分けするコアルーターに障害が起きたのを機に、音声をデータに変換する交換機やデータベースにアクセスが集中する「輻輳（ふくそう）」が発生し、システム全体の停止に至った由。一般にアクセスが集中すれば輻輳は起きるものであり、緊急時にはほかの事業者のネットワークに乗り入れて通信を確保する「ローミング」の導入が検討されてきたが、事業者や国の動きは鈍い。

またアメリカの携帯端末は、契約者情報を記録したＳＩＭカード無しで緊急通報ができるようになっているという。日本でもＳＩＭカードを２枚挿して２回線を使い分けられる端末や、２枚目のカード無しで契約を追加できる機能に対応した端末もあるが、どちらもタダではない。無線ＬＡＮの無料開放も、利用者が殺到すれば二次障害の恐れがあり、簡単には踏み切れない。かくしてひとたび通信障害が起きれば、緊急通報一つにも事欠くのが日本の現状なのだ。

携帯電話の普及に合わせて携帯大手は顧客数を増やすことに血道を上げ、国もまた携帯大手やＩＴ大手と一緒になってＩｏＴやＤＸ（デジタルトランスフォーメーション）の旗を振り、いつの間にかスマホ無しには仕事すらできない世のなかになっていたのだが、この社会インフラの維持管理のシステムははたして万全と言えるか。みずほ銀行や東証のシステム障害も記憶に新しいが、いずれも高頻度取引や高速取引、あるいは厖大な顧客データにシステム設計自体が追いついていなかった可能性が高い。加えて人材不足や下請けへの再委託の弊害も繰り返し指摘されているが、一向に解決されない。

結局、さまざまな能力不足に加えて、この国には万一の事故や不具合の発生を十分に予測してそれに備える当たり前の発想が決定的に欠けているのである。要人警護の体を成していなかった元首相の襲撃事件も同様である。そうして十全な備えのないまま運用して事故を起こし、被害を拡大させることの繰り返しをどこかで断ち切らなければ、この国に未来はない。

2022・07・31

国と電力会社の無責任
原発事故をめぐる2判決

この1カ月の間に、福島第1原発の事故の責任を問う民事訴訟で大きな判決が相次いだ。一つは、事故で避難を余儀なくされた被害者が国に損害賠償を求めた4件の集団訴訟の最高裁判決。この訴訟では3月に東電の賠償責任は確定していたが、6月17日の判決では国の責任は認められなかった。国策である原発の事故について国に一切の責任がないというのは、耳を疑うような話ではある。

また一つは、津波対策を怠り、原発事故で会社に巨額の損失を与えたとして、東電の旧経営陣に22兆円の賠償を求めた株主代表訴訟の判決で、7月13日、東京地裁は原告の訴えを認め、旧経営陣4人に合わせて13兆3210億円の支払いを命じた。もちろん、国内では史上最高額となる。

この二つの裁判はどちらも、①東電は巨大津波を予見できたか、②適切な対策を取っておれば事故は防げたか、が焦点となった。①のポイントは2002年7月、福島沖でもマグニチュード8・2程度の地震が起きるとした国の地震予測の「長期評価」の信頼性で、これまで4件の高裁判決のうち3件で信頼性が認められてきた流れを7月の地裁判決も受け継いでいる。その上で、必要な対策を取っておれば事故は防げたと結論付けたのだが、6月の最高裁判決はこの長期評価の信頼性や、安全確保のための予防原則に基づいた防潮堤以外の浸水対策の当否などには踏み込まず、②の事故を防げたか否かだけを問うた。

その最高裁の理屈はこうである。すなわち、2002年の国の「長期評価」に基づいて東電子会社が08年に試算した最大15・7メートルの津波予測については一定の合理性は認めるが、仮に国の規制当局が東電にその高さの防潮堤を築かせたとしても、実際の津波は想定以上の高さだったのだから事故は防げなかった、従って東電が津波対策をしなかったことについて国に責任はない——。子どもの屁理屈という以外にない。

いったい、この最高裁判決と地裁判決の差はどこにあるのだろうか。最高裁判決は、東電に津波対策を促さなかった規制当局の責任を問うこともせず、すべてを想定外で片づけたのだが、そこに決定的に欠けているのは、一つ間違えれば国と国民生活を滅ぼすかもしれない原発事故の重大さの認識であり、現実に故郷を追われた人びとへの目線だろう。それさえあれば、司法として公共の正義のために断罪すべきことは明確にあったはずだし、少なくとも経産省の旧原子力安全・保安院の無責任は指弾してしかるべきだったと思う。

ひるがえって旧経営陣に13兆円あまりの賠償を命じた地裁判決は、原子力事業の本来あるべき姿を厳しく問い、これまでやり場のなかった東電への国民の怒りを正当に受け止めるものとなった。当たり前の道理が当たり前に通れば、この地震大国で一企業が原発を運転することの無謀がかくも明らかになるのである。ちなみに、ひとたび重大事故を起こしたときには経営陣が個々に賠償責任を問われるとなれば、電力会社は被害者への賠償金や廃炉費用を電力料金に無制限に転嫁しておしまいではなくなったということである。加えて最高裁が国に免罪符を与えてしまったいま、まともな経営者なら原発から手を退かざるを得なくなったということでもある。

いや、原発立地自治体や原発推進派の国会議員は最高裁判決を受けて鼻息が荒いとも伝えられるので、政治の場ではこうした司法判断自体が真面目に受け取られないのが実際のところかもしれない。現に福島の事故に対する国の責任についての司法判断も、地裁・高裁合わせて23件のうち、認めると認めないがほぼ半々であり、被災地から遠いところでは無関心の壁も立ちはだかる。

この冬、ロシアの天然ガスが来なくなると一気にエネルギー危機に陥ることから、原発推進の声がひときわ高まっているいま、無責任のきわみの国と電力会社の現実を前に、今度は私たち一人一人が難しい選択を迫られる番である。

2022・08・07

暴力を正義面で糾すより底辺の現実を受け止めよ

ある日突然、首相を2度も務めた大物政治家が遊説中に街頭で銃撃されて死亡する――。事件から3週間経ってなお実感がわかない一方、こうした圧倒的暴力はいざ実際に起きてみると、身もふたもない即物的な身体体験となってしばし私たちの日常を襲い続ける。襲撃当日の夕刊にはシャツを血に染めて路上に横たわる元首相の写真が載り、私たちはそれぞれに、図らずも歴史的な瞬間に出くわしてしまったことを再認識したのだが、子どもでなくとも、本物の血を見てショックを受けた人びとも少なくなかったと聞く。してみれば戦後77年の長きにわたって戦争もなく、銃犯罪も少ない治安の良さを享受してきたこの国の平和な日常に、今回の銃撃事件が打ち込んだくさびは小さくはなかったと言えるだろう。

実際、衆人環視のなかで血が流れて人が死ぬような暴力は、誰にとっても非日常の圧倒的な直接体験である。そのため、さまざまなところで過剰な反応が起こる。すわ、政治テロか！　言論封殺だ！　民主主義の破壊を許すな！　一斉にメディアが走り、識者や評論家が走り、テレビ中継のアナウンサーが声を嗄らす。現場で身柄を確保された容疑者が、狙いは宗教団体であって元首相の政治信条は関係ないと供述していることが速やかに報じられたにもかかわらず、各政党の党首たちは揃って遊説を取りやめて「民主主義を守る」と拳を振り上げ、言論はなおも、事件は民主主義の破壊だと声を揃え続けたのである。

この言論の奇妙な暴走は、銃撃されたのが元首相であったことや、参院選の直前であったことだけでは説明がつかない。長い生活の停滞と先の見えない不透明感に覆われた社会は、何かあれば弾けようと暗いエネルギーを溜めており、メディアが政治テロと沸き立ったのはまさにそれだろう。一方、私たち国民もある種の〈祝祭〉を求めているのであり、大物中の大物政治家の非業の死はまさしく非日常の興奮をもたらす出来事だったと言える。葬儀が行われた寺に多くの善男善女がつめかけ、事件現場の献花台に10万人が訪れたのもそのためである。

このように、今回の事件を受けて日本社会は事件の本質とは異なるところで反応し、軌道修正がされないまま安倍元首相は神棚に祀り上げられようとしているが、私たちが見逃してはならない事件の要はこうである。すなわち今回の犯人のような、親の入信で家族と自分の人生を破壊された宗教二世の存在は、こうした事件が起きて初めて社会の眼にふれるのだということである。私たちの社会は貧困・宗教・病気などで疎外された人びとが這い上がれる社会ではない。追い詰められて事件を起こして初めて、私たちはようやくその苦しみを発見するだけなのだ。

こうした底辺に注がれる政治の眼は冷たく、そもそも見ていないというほうが正しい。長く政権の座にあった安倍元首相の国会答弁の姿が何よりの証拠である。野党の質問をのらりくらりとかわしてまともに答えず、突っ込まれて逆切れし、薄笑いしながら野次を飛ばす。国会での質疑は一言一句議事録に残り、後世に伝えられるが、そんなことは知ったことではない人が一国の首相だったのである。そして、国民の代表が集う国会でそんな答弁に終始した人の眼は、徹底して国民を見ていなかった。いわんや宗教二世の苦しみなど眼中にあったはずもないが、国民の苦しみに背を向け続けた人が国葬とは何の冗談かと思う。

疎外された人びとが這い上がれない社会では、孤独と絶望と暴力は必然である。それはときに通り魔事件や京都アニメーションの放火事件、精神科クリニックの放火事件といったかたちで社会の表に噴き出すが、私たちはそうした暴力を正義面で糾弾するよりも、そのつど垣間見えた底辺の現実を冷静に受け止めるのが先ではないか。政治が眼を向けようとしない苦しみに、せめて市民レベルで関心を寄せることができれば、そのとき政治も変わるはずなのだ。

2022・08・14

IV

戦後77年 日本人の身体から失われた戦争のリアル

毎夏、この時期は過去の戦争に思いをはせるのが日本の風物詩となって久しかったのだが、気がつけばそれも去年までのことだったと書かなければならなくなっていた。一つは、2月にロシアがウクライナに侵攻して本ものの戦争が始まってしまったからであり、また一つは、それによって西側諸国と中ロの分断が進み、さまざまなレベルで人類は核兵器や軍事衝突や食糧危機などのリアルな脅威に直面しているからである。

実際、私たち日本人が振り返り続けてきた戦争は年月とともに薄れてゆく記憶の残骸に過ぎず、77年も経てばその中身はすでにリアルとはほど遠くなっていて当然である。どんなに想像をたくましくしても、私たちの脳裏に結ばれる戦争の像は年々あやふやで実感に乏しいものとなり、いつの間にか憲法9条改正への抵抗感も薄れて、私たちはいまでは戦争のできるふつうの国の国民になりつつある。

ウクライナで繰り広げられている本格的な地上戦については、77年前の色褪せた記録フィルムのなかの戦火ではない、現在進行形の戦火の下で破壊され尽くした都市の惨状や死者の数すら定かでない混乱、あるいは着の身着のまま故郷を追われてゆく市民たちの姿に震撼するばかりだが、それでも戦争全般への日本人の嫌悪があらためて広がっているわけではないし、むしろ台湾有事を想定した軍備増強を肯定する声が日に日に増えている今日このごろである。これがウクライナでの本ものの戦争の姿を目の当たりにした日本人の反応だとすれば、やはりもう去年までの8月ではないと言うべきだろう。戦争をめぐる私たちの記憶も感覚も、ここへ来て明らかに更新されたということである。

そしてウクライナの戦火は、領土をめぐる覇権争いや核兵器の使用について、同じように世界各国の経験や記憶を上書きし、世界はこれまで想像もしなかった数々の不条理に直面している。ひとたび戦争となれば、国際法で禁じられている民間人への無差別攻撃も虐殺も何でもありになること。原発への攻撃も核兵器の使用もあり得ない話ではなくなっていること。常任理事国のロシアが軍事侵攻の当事者となったおかげで、国連の安保理が機能不全になってしまったこと。世界有数の穀倉地帯が戦場となったために一部に食糧危機が広がっていること、などなど。

　かくして西側諸国も中ロも頭を冷やすどころか、振り上げた拳でいつでも殴り合いを始める用意があるとばかりに敵対姿勢を強め、事態をますます不透明、かつ複雑にしているのだが、国際協調の枠組みが失われた世界はここまで暴力的なものかというため息を禁じ得ない。あるべき理性が随所で後退したいま、ウクライナに大量の兵器を供与し続けるNATO各国は、ロシアを相手にした代理戦争をしているに等しく、日本は日本でそのNATOと協力関係を表明し、さらには防衛費の対GDP比2％増を内外に公約して中国をにらんだ軍備増強に突き進む。

　そのアメリカも、去る8月3日にはペロシ下院議長が中国の強烈な反対を押し切って台湾を訪問し、一触即発の危機に世界が緊張したのだが、この強硬姿勢はペロシ氏個人の政治的パフォーマンスであろう。この世界はいま、まさに不測の事態でいつ新たな戦争が起きてもおかしくない状況だと言える。

　おそらく私たち日本人はウクライナのリアルな戦場の現実を目の当たりにしながら、実はいまに至っても戦争をリアリズムで捉えていないに違いない。77年前の戦争はあまりに遠く、ウクライナの戦争も直接の身体体験ではないために依然としてリアルにはなり得ないのだが、世界は違う。NATO各国は代理戦争で、ロシアは本ものの戦争で、中国もいつでも軍事侵攻可能な態勢で、日夜リアルな戦争と向き合っているのである。そんな世界へ、日本が「ふつうの国」の顔をして接近してゆくのはいかにも危ういことである。戦後77年、日本人の身体から戦争のリアルが失われたことの功罪を、じっくり再考する夏にしたい。

2022・08・28

核を持たないことこそ最もラディカルな現実論

日本が広島・長崎の原爆の日を迎えた8月、ウクライナではロシアが占領するザポリージャ原発で危険な砲撃が続き、ニューヨークでは7年ぶりにNPT（核拡散防止条約）再検討会議が開かれている。6月にはウィーンで初の核兵器禁止条約締約国会議も開かれたところであり、まさに核の話題一色の夏である。

ウクライナに侵攻したロシアが核兵器の使用に言及したことで核の脅威が一気に現実味を帯びた今夏、NPT体制も核禁条約もこれまでとは異なる切実さをもって語られる一方、核保有国と非保有国の立場の違いはいよいよ鮮明になり、アメリカの核の傘に依存する日本では一部に「核共有」の声さえ上がる始末である。かくして唯一の戦争被爆国を謳いながら核抑止に首まで浸かっている日本は、この夏ますますその不実さを内外にさらけ出すことになっている。

たとえば、先ごろ日本の代表として初めてNPT再検討会議に出席した岸田首相の一般討論演説の内容は、要約するとこうである。曰く、核兵器のない世界への道のりは一層厳しくなっているが、現実的な歩みのための原点がNPTであり、その維持・強化は国際社会全体の利益である。核兵器のない世界という理想と厳しい安全保障環境という現実を結びつけるため、日本はロードマップの第一歩として「ヒロシマ・アクション・プラン」に取り組んでゆく。①核兵器不使用の継続。②核兵器国に核戦力の透明性の向上を呼び掛ける。③核兵器数の減少傾向の維持のために、全核兵器国の責任ある関与を求める。また、9月の国連総会に合わせて、包括的核実験禁止条約と核兵器用核分裂性物質生産禁止条約の議論を呼びかけるための首脳級会合を主催する。④核不拡散を前提に、原子力の平和利用を促進する。⑤各国首脳の被爆地訪問の促進。さらに核廃絶に向けた若い世代のグローバルなネットワークづくりのために国連に1000万ドルを拠出する。

核保有国のエゴにより一向に核軍縮交渉の進まない瀕死のNPT体制について、非保有国に言えることはもとより限られている。それでも、⑤を除けばみな原理原則の表明に留まっているのは、必ずしも日本がアメリカの核の傘の下にいることが原因ではない。むしろ日本は被爆国として常々核保有国と非保有国の「橋渡し役」になると言いながら、実際にはその役割を自ら二重に放棄している現実がある。それがこんな薄っぺらな演説をつくっているのである。

一つは、日本こそ何をおいても参加すべき核禁条約について、アメリカの顔色を窺うあまり言及すらしないことであり、いま一つはアメリカが検討している核の先制不使用宣言について、断固反対を裏で繰り返し伝えてきたのは日本政府だという醜悪な事実である。口先で核のない世界を謳いながら自国の安全保障をアメリカの核に頼りきっている不実を、本気で一ミリでも動かす意思があるのなら核禁条約への接近は必須であり、それでこその橋渡し役だろう。

しかし、残念ながら日本政府にその意思はない。広島・長崎の原爆の日の首相の挨拶にも核禁条約の名はなかった。たとえば今夏の長崎市長の平和宣言と首相の挨拶を比べてみるとき、前者は聞く者のこころを強く打つのに対し、後者は犠牲者の冥福を祈り、あの日の惨禍をけっして繰り返してはならないという決まり文句に続いて、NPT再検討会議での演説が焼き直されただけだった。平和宣言がこころに響くのは、核廃絶を訴えるその言葉に徹頭徹尾、嘘がないからである。ひるがえって首相の挨拶は、アメリカへの遠慮から核禁条約に触れもせずに核のない世界を語る不誠実なものであり、広島出身の首相の挨拶としては寂しい限りだったと言ってよい。
核の脅威から人類を守るのは核ではないし、ＮＰＴでもない。核をもたないことが唯一の解だという核禁条約の明快な論理に同意しない日本人は少数のはずだ。核禁条約は理想論ではなく、もっともラディカルな現実論なのである。

２０２２・09・04

旧統一教会問題は、政治の腐敗どころか政治の崩壊

旧統一教会隠しと揶揄された第二次岸田内閣が発足して半月が経つが、新たな顔ぶれとともにこの国の政治が刷新されたという実感もなければ、長らく社会問題となってきたくだんの宗教との関係が清算されたという事実もない。後者については、大臣20人のうち、留任・新入閣を含めて8人がなおも旧統一教会との接点を認めており、その多くが訣別を明言することもしていない。すなわち岸田首相を筆頭に、彼らにはもとよりそんな意思はないということになるが、これはほとんど亡国の光景ではないか。

旧統一教会は1960年代半ば、伝統的な家族観と強い反共色をもつ団体として岸信介元首相に接近して以来、主に自民党清和会との関係を深めてきた。今日では選挙応援

や組織票の動員によって与野党を問わず政界に広く深く食い込んでおり、100人を超える国会議員が団体との関わりを指摘されている。反共の大義が過去の話になったいまでも、政治家はなおも集票マシンとしての団体にすり寄り、団体のほうも政治家を自身の勢力拡大に利用してきた結果、いまや内閣の約3分の1が団体のシンパという有り様なのである。

周知のとおり憲法は信教の自由を謳っており、宗教法人は税制上の優遇を受けてたいへん大事にされている。公共の政策で特定の宗教を偏重するのでない限り、選挙のために政治が宗教団体の組織票と結びつくのも日常の光景であり、創価学会や立正佼成会など誰もが知っている新興宗教団体がそれに当たる。では、旧統一教会はそれらの団体とどこが違うのか。

一言でいえば、彼らの布教活動が反社会的なものだということに尽きる。旧統一教会には、自身の正体を隠して入信を誘い、ビデオや講義で洗脳した上で高額の献金をさせるに至る入念な教育プログラムがあることが知られている。そのすべてが教義とは名ばかりの嘘と脅しで固められ、信者に待っているのは先祖代々の罪過まで金品で贖(あがな)い続ける献金地獄であり、破産であり、家族の崩壊である。

信仰の本質は、理知を超えた意識の直接体験にあると言われる。それゆえ、ヨガの修行を通した解脱体験が売り物だったかのオウム真理教もひとまず宗教ではあったのだが、旧統一教会は脅しによる洗脳と金銭の収奪が先行しているという点で、むしろ宗教未満と言うほうが正しい。欧米で同団体がカルトに指定されているのも、信者の精神の自由や人権があからさまに蹂躙されているからである。

百歩譲って、仮に同団体が宗教だとしても、著しく市民の自由意思を阻害し、献金のために人の人生を破綻させるような教義は明らかに反社会的である。現行法制では、団体側がインチキを認めない限り霊感商法そのものの違法性を問うのは困難だが、そのことは団体の活動が社会的に許されることを意味しない。また、信教の自由はあっても、公人である政治家がこうした反社会的団体と付き合ってよいということにもならない。そしてもちろん私たち有権者も、そんな政治家は即刻退場させなければ公正な社会を維持することができないのは言うまでもない。

旧統一教会は、公共の福祉と正義に著しく反する似非（えせ）宗教団体であるが、そうと知りながら選挙のために寄生している政治家は、当の団体以上に公共の利益を害する存在だと言わねばならない。そんな政治家たちが国務大臣として内閣に堂々と名を連ねている光景は冗談ではすまされない。名もない市井の信者とその家族の絶望を放置しておいて、伝統的な家族観もくそもない。一説にはこの35年間に集められた献金は1200億円以上に上るとされるが、国民の汗の結晶をかくも理不尽に収奪させておいて、国の守りもくそもない。くだんの改造内閣を眺めるとき、まさに亡国と映る所以である。
宗教は不可侵ではない。同団体が生き延びているのは法の不備と政治の不作為の結果に過ぎない。私たちが目の当たりにしているのは政治の腐敗どころではない、まさに崩壊だと知るべきである。

2022・09・11

原発回帰という無謀と無責任の極み

8月24日、当面のエネルギー価格高騰に対処するため、岸田政権は急遽、原発の建て替えと新増設を推し進めると発表した。原発への依存を可能な限り低減するとした昨年(2021年)10月改訂のエネルギー基本計画の決定を取り消し、脱炭素とエネルギー安定供給に資する原発へ回帰する由。

この大転換は、経産省と産業界や電力業界の幹部が居並ぶ非公開のGX(グリーン・トランスフォーメーション)実行会議で話し合われ、首相の「政治決断」で決まったとされているが、本来あるべき国会での議論も公開ヒアリングもすっ飛ばして、業界の内輪のもたれあいにGOサインを出すのが首相の「政治決断」か。これでは原発回帰の是非以前に、これほど重大な方針転換に至ったプロセスが見えないことへの強い批判が上がるのも当然である。外交や国防上の機微に触れる場合を除き、政策決定のプロセスが見えないのはすなわち、その決定が正当な手続きを経ていないこととイコールだからである。

しかも、11年前に経験した福島第1原発の事故を直視する限り、原発回帰は常識的にあり得ないと言うほかはない。現に、あらためて原発の推進に乗り出すには、何よりもまず廃炉の見通しすら立たない技術面の現実にふたをしなければならないだろう。また、いつ起きてもおかしくないとされる巨大地震の危険性も忘れる必要があろう。さらに、着工から29年を経てなおも未完成の使用済み核燃料の再処理工場や、高レベル放射性廃棄物の最終処分場など、すでに破綻している核燃料サイクル政策について、今後も税金をドブに捨て続ける必要があろう。そしてさらに、いまでは再生可能エネルギーに比べて原発のコストは著しく高くつくものになっているが、この大事な経済原理も無視しなければならないだろう。

さらに付け加えれば、ロシアの侵攻が続くウクライナのザポリージャ原発が、危険な核兵器と化している不都合な真実も見なかったことにする必要があるが、こうして数え上げるまでもなく、日本と日本人にとって、原発回帰という選択は現実的にほぼ不可能なのであり、それをやるという政府はひとまず無謀と無責任の極みだと断じてよい。

その一方、ロシアへの経済制裁の余波で世界的にエネルギー不足が深刻となっているいま、エネルギーの安定供給のために官民を挙げての大胆な取り組みが必要なのは論を待たない。風力発電や地熱発電などの再生可能エネルギーの技術革新や、次世代送電網スマートグリッドへの大規模投資だけではない。現在の名ばかりの発送電分離ではない完全な所有権分離に移行することで、旧電力が新電力から徴収している託送料金を廃止すれば、コストの下がった再エネは放っておいても拡大する。従ってエネルギーの安定供給をめぐるほんとうの「政治決断」とは、託送料金を決めている経産省と、託送で儲けている旧電力の既得権を廃止することである。ところがそこには手をつけず、代わりに国民の生命財産を危うくしてもかまわないというのが今回の原発回帰という「政治決断」なのだ。

もちろん、やれることをすべてやっても再エネだけでエネルギーをすべて賄うのは難しいかもしれないし、温暖化がさらに進めば、生活環境や農業生産の維持のためにさらに膨大な電気が必要になるかもしれない。そのときに原発の利用をどうするかは、それこそ国民が真剣に議論すべきことであって、政治家や官僚が密室で決めることではけっしてない。

いくら政府が忘れたふりをしても、30年以内に70~80%の確率で起きるとされている南海トラフ地震で四国や九州の原発が陥るだろう危機こそ、私たちが真に直面している課題である。そのためには原発の停止こそ急ぐべきだし、再エネ拡大のための官民一体の挑戦も待ったなしである。首相は直ちに密室の扉を開き、白日の下で地に足のついた議論を一からやり直さなければならない。

2022・10・02

医療に辿り着けない患者を出さない体制づくりを

海外では新型コロナの流行はすでに終息した感があるが、未だに国民の大半がマスク姿を続ける日本も、9月26日には感染症法の2類相当の指定に基づく感染者の全数把握が簡略化された。疫学的な当否はともかく、高齢者と重症化リスクのある患者以外は把握対象から除外されるとなれば、新型コロナもいよいよふつうの風邪になったと受け止めてよいということなのだろう。

それにしてもこの2年半、コロナ禍で医療機関と保健所が陥ったパンク状態は感染の波に見舞われるたびに繰り返され、根本的な改善や解決策は見られなかった。新たな変異株が出てくるたびに感染の広がり方や重症化率が変わる難しさがあったのは確かだが、私たち国民はいまなお万一の場合に入院できないかもしれない不安を拭えず、先進国のはずの日本の医療体制がここまで機能しない理由も理解できないでいる。

　昨年（2021年）8月と9月の第5波では、入院できずに自宅に放置されて死亡した感染者は132人に上ったが、この数字も野党に国会で追及されるまで厚労省は把握していなかった。具合が悪いのに医者に診てもらえず、呼吸が苦しいのに入院できないまま一人で死んでいった人がこれほど多くいたことについて、国も日本医師会も一度も真剣に問題視した形跡がないのはいったいどういうわけか。パンデミックでは、医療に辿り着けない不運な国民が一定数いても仕方がないとでもいうのだろうか。

　パンデミックにおけるこの国の医療逼迫には複合的な理由があるのだろうが、共通してつねに横たわっていたのは人手と病床の不足である。電話をしてもつながらない保健所の混乱は言うに及ばず、ピーク時には救急搬送された患者の受け入れ先が決まるのに十数時間かかるのもざらで、呼吸困難を訴える患者でさえ自宅療養にならざるを得ないケースが相次いだ。医療費の抑制のためにもともと病床数が削減されてきた上に、医療従事者の慢性的な人手不足もあったところへ、海外に比べて感染症や呼吸器の専門医も足りていないとか、軽症や無症状の患者まで隔離して医療資源を空費しているとか、さまざまなことが言われた。

日本は海外と異なって民間病院が全体の7割を占める。しかも2類相当の感染症に対応できる病院は限られる上に、人手と時間を取られるコロナ病床を増やすとその分、一般診療が影響を受けて病院はたちまち赤字に陥る。さらに開業医と勤務医の診療報酬は同額であり、地価の高い都会では入院患者に経費のかかる病院はもとより経営が苦しい。そのため勤務医も看護師も激務に見合う報酬は得られておらず、ますます人手不足に拍車がかかる。感染拡大のたびに患者の受け入れ先がない悲劇が繰り返されるのは、根本的にはこうした構造的な問題によるのだと思う。そこには、状況改善のために本気で勤務医と看護師の待遇改善に取り組まない国と日本医師会の不作為も当然含まれる。

国の不作為は、いっこうに保健所の改革に乗り出さない点も同様である。データ入力に手間がかかりすぎると不評だった国の新型コロナウイルス感染者等情報把握・管理支援システムHER－SYSの、システム設計のまずさは改良すれば済む話である。問題はここでも人と組織であり、保健所が担っている業務の範囲自体の見直しは不可欠であろう。また、そのためには時代に合わせた保健医療全体の構想が欠かせないが、それはすなわち医療に辿り着けない患者を出さない体制のことである。

今回の感染者の全数把握の見直しは、医療機関の業務負担を軽くすることを迫られた結果だが、簡略化するのであれば、コロナの分類もインフルエンザと同じ5類にしなければ間尺に合わない。しかも2類のままでは限られた発熱外来に患者が殺到する状況が続き、インフルエンザの流行が始まれば大混乱になろう。2類相当を理由にこれまでコロナ患者を診てこなかった多くの医療機関に、診療の門戸を開かせるときである。

2022・10・23

是々非々の立ち位置で中国との戦争を回避せよ

9月29日、日本と中国は国交正常化から50年を迎えた。気がつけば、経済規模でも軍事力でも中国に大きく水をあけられ、いまやアメリカに次ぐ大国となった中国を日本ははるかに見上げる立場となって久しい。さらには覇権主義を隠さなくなった中国による台湾有事が絵空事ではなくなったいま、日本は中国をにらんだ防衛力の大幅な増強や経済安保体制の強化を急いでおり、片や中国は尖閣諸島周辺で示威行動を日常的に繰りかえして憚(はばか)らない。かくして日中は友好に程遠いのが現状であり、50年の節目を報じるメディアの論調も控えめで、両国政府は祝電を送りあったものの、首脳同士の会談なども なかった。そして双方の国民の受け止めも、祝賀ムードもないが表立った反発もない、よそよそしさと無関心が大勢を占めていたように思う。

とはいえ、日中ともに半世紀前に青年だった人が老い、半世紀前を知らない若い世代が多くなった今日、互いに対する国民感情にも変化が見られて当然である。いまや単独で月の裏側に探査機を着陸させ、アニメやゲームでさえ日本を追い越して、5Gを駆使した最先端のデジタル社会を謳歌する華やかな中国に惹かれない日本の若者はいない。共産党一党支配による言論統制や、ウイグルやチベットでの人権弾圧に賛成はできないものの、どんな場面でも政治的であることを嫌う若者たちは、非民主性を理由に現代中国の魅力に背を向けることはしない。しかしそれは、中高年世代がいつの時代も『三国志』に惹かれてきたのと同じ理屈だし、かつて中国市場の巨大さに魅せられ、こぞって工場を中国に進出させたビジネスマンたちも同様である。

かくして政府や識者が中国脅威論を叫んでも、ビジネスのために中国語を学ぶ人が増え、多くの若者が個人情報の防衛よりTikTokの楽しさを選び、巷では「ガチ中華」なるブームまで起きていたりする。世論調査でも、中国に親和的な若い世代と、なにがしかの警戒感を抱く中高年世代の差は明らかになっているが、これこそ50年という月日に伴う時代の変化というものである。

一方、筆者のような高齢世代が中国に対する複雑な感情を解きほぐせないのは、歳のせいで頭が固くなったからではない。1960年代の文化大革命や89年の天安門事件を目の当たりにした世代は、その記憶をけっして消し去ることはできないし、そこに現在の習近平政権の強権支配の姿が重なるため、余計に悶々となるのである。おそらく若い世代ほどデジタル社会に感応しない分、負の記憶が強く残り続けるのだろう。

さてしかし、そうした負の記憶と、政府がいま声高に掲げる中国脅威論が別ものなのは言うまでもない。むしろ、覇権国家中国に対する違和感があるからこそ、いかにしてこの厄介な大国と無難に付き合ってゆくかを真剣に考えるのだ。米中対立のはざまで、けっしてアメリカ一辺倒になることなく日本が主体的に立ち回る道を冷静に考えるのだ。それはすなわち、有事にはどうやら本気で中国と事を構える気らしい政府の無謀に対して、なけなしの知恵を絞ることを意味する。いますぐ際立った妙案があるわけではないが、たとえば日本がこうした是々非々の立ち位置を守るだけでも、中国の出方は変わると言われている。

政府は参院選の公約どおり、財源を確保する前から防衛費の大幅増に向けて走り出しており、そのための有識者会議も始まった。持久戦に必要な弾薬の備蓄から敵基地攻撃のための長射程ミサイルの配備まで、政府も防衛省も中国との軍事衝突に備えてやる気満々だが、これほど危ういことはない。

現にシェルターの準備さえない国で、私たち国民は開戦と同時に飛んでくるミサイルの下を逃げ惑うのか。防衛力はむしろ絶対に戦端を開かないためにあるのであって、その運用は自ずと自制的・戦略的でなければならない。そんなことも理解しない政治家が、今日も中国の脅威を徒に煽っている。

2022・10・30

戦争の隣に平和がある 悲嘆の隣に日常がある

残暑が過ぎて一気に季節が進んだ10月、国内では新型コロナウイルスの水際対策がほぼ撤廃されて外国人旅行客の訪日が復活し、国内向けには旅行代金の4割の補助とクーポンがもらえる「全国旅行支援」も始まって、空港や新幹線のターミナルはどこも芋の子を洗うような大混雑が続く。帰国後の隔離措置が続く中国を除き、旅行客は今後順調に伸びてゆくと見られており、人手不足と感染の再拡大への懸念はあっても、観光産業の復活は円安による消費低迷に苦しむ国内経済には朗報である。

一方、そうして嬉々として行楽地へ出かける私たちの頭上を横切って、4日には北朝鮮の中距離弾道ミサイルが過去最長の4600キロを飛行して太平洋上に落下した。8

月に行われた米韓合同軍事演習に対抗して9月以降、北朝鮮が発射した中・短距離弾道ミサイルは14日現在、計13発に上る。14日未明に発射された短距離弾道ミサイルは迎撃困難な変則軌道で飛び、命中精度も上がって日本への脅威は格段に増しているが、北朝鮮はさらに近いうちに2017年以来の核実験に踏み切るのではないかとも言われている。

そして、ウクライナ情勢も事態は一段と悪化している。東部でロシア軍の撤退が相次ぐ一方、攻勢を強めるウクライナ軍が8日、ロシアによるクリミア併合の記念碑だったクリミア大橋を破壊したのを機に10日、ロシア軍がウクライナ全土へ報復攻撃を行ったニュースが世界を駆け巡った。通勤・通学の時間帯の一般市民を狙って、首都キーウを含むふつうの市街地の建物や文化施設や公園などに対して61発のミサイル、32回の空爆、92回の多連装ロケット砲攻撃が行われた結果、6人が死亡、50人がけがをしたとされる。譬えるなら、朝の通勤時間帯の丸の内にミサイルが撃ち込まれるようなものである。

主要7カ国（G7）は11日、この一般市民への無差別攻撃を戦争犯罪として非難する共同声明を発表したが、ミサイル開発を止めない北朝鮮への対応と同じく、非難する以上の具体策があるわけではない。国際法を無視したロシアのウクライナ侵攻に対して、国連安保理をはじめとした国際社会は為すすべをもたず、代わりに西側諸国はロシアへの経済制裁に加えてウクライナへの武器供与で加勢してきたのだが、これが自らの血を流さない代理戦争の限界というものだろう。領土奪還に突き進むウクライナを止めることもできず、追い詰められたロシアの暴発に戦々恐々としながら、ロシア非難の合唱が精一杯なのだ。

ひるがえって日本でも、8カ月前には連帯を示す青と黄色のウクライナカラーが街角にあふれていたが、かの地で続く戦争がすでに遠いものになっているのは、むしろ社会が健全であることの証ではないかと思う。難民の支援は自治体や個々人のレベルでいまも続けられ、国全体としては戦争の余波としてのエネルギー価格高騰や物価高にそれなりに苦しみながら、国民はそれぞれに平時を懸命に生きているだけである。言い換えれば、行楽シーズン真っ盛りの日本と、ミサイル開発に血道をあげる北朝鮮と、無差別攻撃に震えるウクライナが同時に存在しているのがいまの世界なのであり、それ以上でも以下でもないと考えるのが正しいのだ。戦争の隣に平和があるのも、悲嘆の隣に日常があるのも、この地球に暮らすことの現実であって、それを私たち日本人は無常と呼んできたのである。

今年のノーベル平和賞に決まったロシアとウクライナの人権団体と、ベラルーシの人権活動家の存在は、まさに侵略する側と侵略される側のどちらにもふつうの市民がおり、平和な日常を守ろうとしていることを世界に知らしめた。収監中のベラルーシの活動家を含め、彼らの活動はおおむね地道な調査と弾圧された人びとの救済だというが、彼らも家に帰れば家族がおり、ささやかな団欒（だんらん）もあろう。久々の家族旅行もいいが、その前にまずは、遠い日本で彼ら活動家たちの息災を祈りたいと思う。

2022・11・06

世界はあらためて、戦争を終わらせることを考えるべき

10月26日、ロシアの戦略核運用部隊の年次演習があり、核弾頭搭載可能なミサイルの発射訓練が行われたことが大きく報じられた。訓練とはいえ状況が一層差し迫っているのは間違いなく、アメリカとNATO諸国もそのロシアの核攻撃を想定した軍事演習を、17～30日にかけてイギリスや北海上空などで行っているところである。

仮にロシアの核攻撃が現実になった場合、NATOに何もしないという選択肢はなく、核兵器で応酬するのか、通常兵器で対応するのか、究極の判断を迫られることになる。核兵器使用については事前に明言しないのがNATOのスタンスだというが、現実には核戦争を回避するために通常兵器で対応する可能性が高いと言われている。当然で

あろう。ロシアによって核抑止の一端が破られても、人類は結局、核は使えないし、使ってはならないのである。

とはいえ、最初の一発でもたらされる被害の甚大さを思うと、ロシアによる核攻撃の可能性をこのまま放置してよいはずはない。核兵器か通常兵器かの選択の前に、世界はあらためて戦争そのものを終わらせることを真剣に考えるべきである。ロシア軍の苦戦や敗走が伝えられ、逆にウクライナ軍が反転攻勢に出ているいま、停戦の機運は限りなく小さい一方、このままウクライナが早々に領土を奪還するという見通しも立たないなかで、追い詰められたロシア軍が核兵器を使用する可能性だけが確実に高くなっているのである。にもかかわらず、各国はなぜ動かないのだろうか。

ロシアによる市民への無差別攻撃が頻発しているウクライナの戦いは、ヨーロッパの人びとに容易にナチスのホロコーストを想起させる。そのことから、欧米各国にとってはこの戦いはいまや国際法違反の侵略戦争である以前に、ロシアの非人道性との戦いになっているのだという見方もできる。アジアやアフリカ諸国が必ずしもロシアに対する制裁決議に同調していないのも、ロシアやウクライナ双方に対する各国の外交的な働きかけが低調なのも、欧米各国が従来型の国益の衝突というより、プーチンの罪と戦うウクライナの正義という図式でこの戦争を捉えているからである。

そしてナチスの罪がけっして許されないように、プーチンがウクライナで行っている非人道的な殺戮は絶対に許されることはなく、ナチスとの妥協があり得ないように、欧米の市民感覚ではロシアとの妥協はあり得ないのだろう。エネルギー不足や核攻撃の可能性といった深刻な懸念がありながら、本格的な停戦交渉が行われない理由はこうした市民の人権意識にあり、ある意味、市民の感情が国家に優先する時代にロシアのウクライナ侵攻は起こったのである。

しかもプーチンもゼレンスキーも、議会の総意を背負った代表というより英雄的な個人というべきである。この二人が主導する戦争は、いわば国家が後退している戦争であり、国家が後退しているために、しかるべき時期を見計らって正式に戦争を終わらせる者がいないのである。かくして侵攻から8カ月経っても戦闘が終わる気配はなく、市民は殺され続け、国土は焦土と化しているのだが、そこへ核攻撃の懸念まで加わっているいま、あらためてNATO諸国などの国家が前面に出るときではないだろうか。

関係国が協調して本格的な停戦交渉に乗り出すのは、欧米の市民からすればプーチンの悪と妥協することになるが、それでも核兵器が使われたときの犠牲の大きさを考えれば、妥協や譲歩をためらってはならないし、そうした超越的な判断をするのが個人や市民ではない国家なのだと思う。ネットやSNSはさまざまなところで国家の存在を後退させ、代わりに力を得た幅広い市民感覚が、脱炭素やＳＤＧｓの推進、核兵器禁止条約の発効などにつながっている。そんな今日の世界で、ときに正しさや正義を犠牲にしても核攻撃の危機を避けるべきだと叫ぶのは、日本政府しかないはずだ。

２０２２・11・27

強いアメリカの消滅
世界のなかで埋没する日本

戦火が止まないウクライナ。そのウクライナを核兵器の使用をちらつかせて脅すロシア。周辺国の懸念をよそに三期目に入った習近平の独裁が進む中国。その中国が虎視眈々と狙う台湾。スカーフの被り方が不適切として風紀警察に逮捕された女性の急死に抗議する学生たちの激しいデモが全土で続くイラン。4月に失脚した前首相が現政権に対して解散・総選挙を求める集会で銃撃される事態となっているパキスタン。国軍の権力掌握後、少数民族への空爆や市民弾圧などの圧政が続くミャンマー。弾道ミサイルによる威嚇が日常の風景になってしまった北朝鮮と、中ロの拒否権発動で何一つ決議できない国連安保理。そこへ、地域によっては洪水や干ばつ、熱波などの異常気象が追い打ちをかけ、今冬はロシアのウクライナ侵攻に端を発したエネルギー不足と食料危機もさらに深刻さを増す。世界は大荒れである。

そんななか11月8日のアメリカ中間選挙を世界じゅうが固唾をのんで見守ったのは、インフレによる物価高騰をバイデン政権の失策だとする共和党の圧勝が予想されたからである。しかし、いざ蓋を開けてみると、そうはならなかった。仮に上下両院を共和党が制すれば、満を持してトランプが2年後の大統領選出馬を表明し、陰謀論や選挙否定派による国内の分断と内向き志向は一層強まって、民主主義の後退は顕著になる。それを歓迎しなかった有権者が一定数いたということである。

無論、アメリカ社会は高学歴・非宗教的なエリート層と中流・労働者階級の保守層だけでなく、無党派やラティーノなど多様な価値観が入り交じっており、けっして青と赤の二色に塗り分けられるわけではない。大統領選直後に起きたトランプ支持者による議事堂乱入事件や、今回の選挙前に起きた下院議長宅襲撃事件など、政治暴力への嫌悪感は共和党支持者にもあるし、中絶の是非についても、声高に中絶禁止を掲げる共和党候補者に対して、支持者の本音は微妙に異なっているとする専門家もいる。アメリカ人にとって中絶はきわめてプライベートな決断であり、連邦最高裁が禁止を合憲としたのは行き過ぎだというのだ。そんな感覚も、共和党の票の伸びをいくらか鈍化させたに違いない。

とまれ、民主党は大敗を免れたとはいえ勝利したわけでもなく、各地で繰り広げられた大接戦は、言うなれば分断の深刻さの裏返しである。また、これでトランプの大統領候補の目は消えたという見方も出ているが、そうだとしてもこれは大荒れの世界の小休止だろう。どのみち、長らく世界の安定に寄与してきた強いアメリカはもういないからである。

折しも6日、エジプトで国連気候変動枠組条約第27回締約国会議（COP27）が始まった。気候危機にさらされている途上国の救済と、エネルギー危機が深刻な西側諸国で相次ぐ石炭火力の復活という逆風を抱えての難しい会議となるが、8日まで開かれていた首脳級会合には大排出国中国の習主席、インドのモディ首相、ロシアのプーチン大統領が欠席したほか、日本の岸田首相も国会対応を理由に出席せず、世界の環境団体のひんしゅくを買った。この日本の消極姿勢は、外交的にも国内の脱炭素の取り組みの面でも、日本の国益を大いに損なうものだと言う以外にない。

会議では、温暖化による「損失と被害」の救済案について途上国の首脳らが活発に発言しており、これまで慎重姿勢だった先進国も、一億ドルの拠出を表明したアメリカをはじめ、支援表明に転じている。ひるがえって、日本は国内のエネルギー価格高騰への対策として、ガソリンに続き電気料金とガス料金の補助に踏み切り、来年（2023年）1月から総額約6兆円が一律にばらまかれる。本来、価格高騰のいまこそ使用量を減らしてCO_2排出量の削減につなげる好機のはずが、この国では誰も真剣に物事の優先順位をつけようとしない。まさにアクセルもブレーキも壊れた廃車のごとき日本である。

2022・12・04

核抑止が破れる可能性
防ぐのは戦争の終結だけ

11月15日、ウクライナ国境に近いポーランドの農村にミサイルが着弾、住民2人が死亡した事件は、人類が直面している第三次世界大戦の危機をあらためて各国に突きつけた一方、いざというときに世界がどうふるまうかの一端を見る絶好の機会にもなった。

ミサイルがポーランドに着弾した日はロシアからウクライナ全土に百発近いミサイル攻撃があったが、結論から言えば着弾したのはロシアのミサイルではなく、ウクライナの迎撃ミサイルだったことが判明している。とくにアメリカとポーランドは早々にロシアのミサイルではなかったことを公表して、これがNATO加盟国への攻撃ではなかったことを明確にし、参戦の可能性を否定してみせた。というのも、ウクライナのゼレンスキー大統領がポーランドへの着弾をロシアのミサイル攻撃と断定して危機感を煽っていたからで、NATOとしては早急にこれを否定し、ウクライナに冷静さを求める必要があったからである。

同時にNATO各国は、ポーランドへの着弾がウクライナの迎撃ミサイルの誤爆であったとしても、責められるべきはそもそも一日に百発ものミサイルを撃ち込んでウクライナの市民生活を破壊するロシアの非道であるとして、いまのところこの戦争におけるロシア非難のスタンスは崩していない。この先、ゼレンスキー大統領が発言を撤回せず、ポーランドに謝罪もしないままだと、欧米にウクライナ批判が生まれる懸念もあるが、それでも人道に対するロシアの罪が消えるわけではない以上、少なくとも欧米各国にとってこの戦争の意味合いが大きく変わることはないと思われる。

一方、同時期にバリ島で開かれていた主要20カ国・地域（G20）の首脳会議は、もともとロシアのウクライナ侵攻に対する見方もまちまちで、4月以降は共同声明の採択もできなかったのだが、今回は名指しでのロシア非難を避けながらも、「メンバー国の大半がウクライナでの戦争を強く非難し」たとする文言が首脳宣言に盛り込まれた。会議では中立の立場の国々から、戦争の終結と平和的解決を求める声が相次いだという。またロシアも、食糧の安定供給やエネルギー価格の高騰といった問題の原因に言及しないかたちでの首脳宣言の採択に応じ、協力姿勢を見せた。ポーランドへのミサイル着弾はそれだけの衝撃を世界に与えたことになるが、この危機的事態に対して、世界は結果的にきわめて冷静にふるまったのである。

とはいえ、この束の間の協調は各国の思惑の差がなくなった結果ではなく、包み隠したに過ぎない以上、世界はなおも薄氷を踏むような歩みを強いられることに変わりはない。このまま戦闘が続けば、NATOもロシアも何かの拍子に核抑止が破れる可能性はあり、それを防ぐのは戦争の終結だけである。とすれば、世界は今日明日にもロシアとウクライナを停戦協議のテーブルに着かせることが必須のはずだが、実際にはそこまでの労は取ろうとしない。G20の首脳会議で中立国が戦争の終結を訴えるのが精一杯であり、いまのところそれが世界の現実である。

裏を返せば、これは世界の多くの国にとって核の恐ろしさがなおも抽象的な理解に留まっているということだろう。また、世界を驚愕(きょうがく)させた一部の虐殺の事例を除けば、日々砲撃やミサイルの犠牲になっている一般市民の死も、各国の市民にとって痛烈な経験とはなっていないということだろう。今回ポーランドへの着弾に青ざめ、可能な限り冷静に対処したとはいえ、世界にとってウクライナの戦争自体はやはり遠いのだ。

しかし一方で、遠いからこそ冷静にふるまえるということもできる。当事者のゼレンスキー大統領は国土が焦土になっても戦争を止めはしないだろうし、プーチン大統領も自滅覚悟で戦争を続けた末に、最後は核兵器かもしれない。国によって動機はさまざまであっても、G20の首脳宣言の成功に倣って、世界は停戦交渉に向けていま少しの労を取るときである。

2022・12・11

戦費のための増税に耐えられない
私たちの暮らしは

11月22日、安保関連3文書改定に向けた有識者会議の報告書が出た。政府の掲げる「防衛力の抜本的強化」に沿って積み上げられた提言のポイントは五つある。①敵基地攻撃能力の保有・増強は不可欠。②防衛装備移転3原則の運用方針の見直し。③防衛省・自衛隊のニーズを踏まえた関係府省の連携。④能動的なサイバー防御の導入。⑤財源は歳出改革と幅広い税目による負担で確保。

もっとも、敵基地攻撃については、現行憲法との整合性のほか、発動の条件である「敵の攻撃着手」をどう認定するかという困難な問題が残っていたり、同時に行われるべき外交努力への言及が欠けていたりと問題が多い。また、④の能動的なサイバー防衛能力の保有も、法の未整備や関係省庁の縦割りを見れば、いまだ抽象論に留まっているのが現実だろう。②が狙う防衛産業の発展・強化も、現状では絵に描いた餅に近い。

それでも、⑤の財源への言及は大いに注目されてしかるべきである。政府では財源の当てがないまま防衛費大幅増の大方針だけが一人歩きし、あれもこれもと盛り込まれた来年（2023年）度の防衛予算の総額がいったいいくらになるのか、蓋の開くのが恐ろしいが、もっと恐ろしいのは自民党が最終的にこれを国債で手当てするつもりでいることである。⑤はそこに釘を刺し、必要な財源は歳出の見直しと増税で賄うべしとしたことになる。しごく真っ当な意見ではある。

なぜなら、防衛費は緊急経済対策のような一時的な財政支出ではない恒久的な支出であり、財源を国債に求めると国債残高が際限なく増え続けることになるからである。有識者会議は増税の具体的な税目を挙げていないが、一般的には法人税や所得税が対象となるだろうし、いよいよ金融所得課税も検討すべきだろう。また、補正予算での大盤振る舞いが問題となっている各種基金や、特定の企業や個人の税負担を軽減する租税特別措置の縮小なども考えられるし、いざとなれば消費税の増税もあり得ない話ではない。ちなみに自民党が目指す5年後の防衛費10・8兆円を実現するためには、約5兆円の財源が必要となり、これは消費税2％分に相当する。

ただし、政府与党は防衛費に限って言えば端から増税で財源を賄うつもりはないようで、早速「議論の参考にはするが、従うわけじゃない」という自民党幹部の発言を全国紙が報じた。これが与党の本音なら、有識者会議はずいぶんコケにされたものである。

とはいえ、国民の側に立てば、エネルギー価格の高騰に始まった物価高と低水準の賃金、介護保険料の大幅値上げ、さらにはこれからコロナ融資の返済が始まると一気に失業や倒産が増えると言われているなかでの増税もまた、現実味に乏しいと言うべきだろう。実際、国民が日々の食費を切り詰めてまで揃えなければならない巡航ミサイルなど、悪い冗談でしかない。一発が1億円から2億円と言われる価格もさることながら、射程が千キロを超えるミサイルを日本が保有することで、中国をにらんだ安全保障環境は逆に不安定になり、国民はシェルターすら整備されていない生活圏で徒にミサイル攻撃にさらされる危険性だけが増すことになる。敵基地攻撃能力なるものが、真に国民を守るとは言いがたい所以である。

ひとたび有事となれば湯水のように金が出てゆくのはウクライナやロシアの現状を見れば明らかだが、貧しくなった日本にそんな金はあるか。私たちの暮らしは戦費のための増税に耐えられるか。国土を火の海にする敵基地攻撃は、日本の防衛にとってほんとうに必要な手段と言えるか。いずれも答えはノーである。たんに私たちがそんな暮らしを望まない以上に、いまの日本の国力にとって敵基地攻撃能力の保有は明らかに過大なのだ。従ってそれを国債で手当てするなど論外だし、そのための増税も論外である。私たちは身の丈に合った国防を考えるべきであり、中国と戦力で対峙するという発想自体を捨てるのが正解である。

2022・12・25

軍事大国への大転換
私たちの無責任と無関心

2022年は将来、日本が軍事大国に舵を切った年として記憶されるのは間違いない。年末に外交や防衛の指針となる「国家安全保障戦略」、具体的な防衛計画である「国家防衛戦略」、5年間の自衛隊の整備計画の経費などをまとめた「防衛力整備計画」の、いわゆる安保関連3文書が正式に閣議決定されたからである。

この3文書で、日本は「戦後最も厳しく複雑な安全保障環境のただ中にある」とされ、中国は「最大の戦略的な挑戦」となり、これに対処するために相手の領域内を攻撃する敵基地攻撃能力（反撃能力）の保有を決定し、トマホークの導入も決まった。さらに攻撃用無人機による無人アセット防衛能力の構築、能動的サイバー防御の導入、防衛装備移転三原則の見直しと条件付き武器輸出が謳われ、２０２３年度から5年間の防衛費の総額は43兆円。来年度の防衛費は前年度の1・25倍、過去最大の6兆８０００億円とされている。

かくして戦後の平和国家の礎となってきた専守防衛は跡形もなくなり、現行憲法と重大な齟齬を来したまま、いざとなれば戦争も辞さないふつうの国へと突き進むことになったのだが、これほどの大転換が国会での十分な議論を経ずして閣議決定されたことこそ、この大転換の大転換たる所以であろう。国のあり方のかくも根本的な路線変更が国民の手の届かないところで拙速に決定されるのは、民主主義の壊死だからである。

さらに、政府が強調する「防衛力の抜本的な強化」に要する43兆円は、財源の裏付けがないまま総額が先に決まったのであり、当面必要な1兆円ほどの増税の、税目も時期も決められないまま年を越した。このままでは戦費を国債で賄った戦時中の禁じ手さえ復活しかねず、まさに借金で戦争をする愚が繰り返されると言ってよい。

また、敵基地攻撃能力と一口に言っても実際の運用はきわめて難しく、国際法違反の先制攻撃にしないための攻撃着手の判断基準などは何も決められていない。というより、正確には決めることができないと言うべきか。さらにひとたび日本が攻撃に着手すれば、敵の反撃を覚悟しなければならず、国民はシェルターもない町で無残に逃げ惑うことになろう。言い換えれば敵基地攻撃能力の保有は、身の丈に合わない荒唐無稽な幻想と言うべきなのだ。

とはいえ朝日新聞社の最新の世論調査（2022年12月17・18日実施）では、若い世代を中心に敵基地攻撃能力の保有に賛成する割合は56％に上った。中国や北朝鮮の軍事的な脅威は一定程度、事実だとしても、国民もまた熟慮を欠いていると言うほかはない。国力が衰えたいまの日本に必要なのは軍事力による対抗ではなく、何があっても戦争を回避する外交戦略であり、経済戦略であって、それが国難を避ける唯一の道だと見定めることを熟慮というのである。しかし現状では、国にも国民にもそうした熟慮は見当たらない。

それにしても、カタールで開かれていたサッカーW杯の決勝戦のせいか、師走の賑わいのせいか、戦後日本の国のあり方を根本から変えてしまう3文書の閣議決定があった日の日本の無風状態は、拍子抜けするほどだった。してみれば、明らかに私たち有権者の無関心と無責任がこの無謀な転換を招いたのであり、私たちは自分で自分の首を絞めたに等しい。実際、たとえば今回の防衛費の増大のおかげで子ども関連予算が吹き飛ぶことになったが、これも結果的に国民が選択したのである。

しかしながら、日本を含めて世界の大勢は、いまやこうした非合理な価値判断に傾きがちとなり、公正や協調や平和のための熟慮が疎まれる時代になったように見える。新聞は軒並み部数を落とし、種々のニュースそのものを息苦しい、重いと感じる人びとが増えたとも言われる。防衛戦略の当否など考えずともひとまず暮らしてはゆけるとうそぶく人びとが多数派となった日本で、そうは言っても強い不安を感じる筆者のような人間は、この先どうやって生きてゆこうか。新年にものを想う。

2023・01・22

大量絶滅の時代
地球の限界を見つめよ

昨年（2022年）11月、世界の人口が80億人に達したことが報じられた。1950年に25億人だった人口は70年間で3倍以上になったことになる。国連の推計では2037年ごろに90億人、2058年には100億人に達するという。

先進国に住む私たちにはにわかにはピンとこない数字だが、この人口爆発が二酸化炭素の排出量の急増や食糧増産に伴う森林喪失、温暖化による海面上昇、そして深刻な食糧危機を招いていることは容易に想像がつく。国連世界食糧計画（WFP）によれば、昨年は世界で8億2800万人が飢餓状態だったとされる。

アフリカを中心にした人口の急増は農業生産力の向上や医療面の改善で死亡率が低下

したことと、労働力確保のための多産の二つの理由によるが、気候変動や紛争などの要因で増えた人口を養うだけの食糧増産や産業育成には手が届かず、結果的に貧困と飢餓をうみだすことになって、大量の難民の発生にもつながっている。一方、難民の流入先となる欧州は、これまで難民によって労働力と経済活動を維持してきたが、近年は各国とも難民排除の動きが強まっており、その裏では出生率の低下による少子高齢化に悩む現状がある。

端的に、人口が増えれば生産力が上がって豊かになるという公式はすでに通用しなくなり、経済発展を続けてきた中国や東南アジアでも生産年齢人口が頭うちとなったいま、格差の是正や十分な社会保障制度を整える前に停滞に陥ろうとしている。いつまでも高所得国になれないこの状況を「中所得国のわな」と言うそうだが、そこから抜け出す道はいよいよ見えなくなっている。

年初から、国連はこのいびつな人口の偏りと、持てる国と持たざる国の格差にこれまでにない強い危機感を表明しており、日々の物価の高騰に眼を奪われがちな私たち日本人の耳をも十分に穿(うが)つものとなっているのは偶然ではあるまい。すなわち、気温上昇の危機と同じく、資源や食糧や生活水準をめぐる不平等をこのまま放置すれば、たんに戦争や飢餓の頻発を招くだけでなく、地球自体が限界を迎える「プラネタリー・バウンダリー」につながるというのだ。

人間が生きてゆくのに必要な農地や森林、種々の生産活動で生じる二酸化炭素を吸収するのに必要な土地などを計算し、地球が1年間で賄える量を算出する国際組織「グローバル・フットプリント・ネットワーク」によると、世界人口が30億人だった1961年には人間は地球0・7個分の生活だったが、いまは1・8個分であり、仮に世界じゅうの人びとが日本と同じ暮らしをしたら、地球が2・9個分必要になるという。この数字が意味しているのは、現状でも人間は地球の限界を超えた生活に奔走しており、この先に待っているのは地球の46億年の歴史のなかでも過去にない大量絶滅の時代だということである。

そうした次元で世界のいまを眺めると、昨年末の国連生物多様性条約第15回締約国会議（COP15）がいかに重要な場だったかがよく分かる。そこには153の締約国と地域のほか、関連機関や市民団体など約1万人が参加、今後の経済活動に不可避な取り決めを扱うことから企業や金融機関も大量に人を送り込んだ。そうして2030年までに地球上の海と陸地の30％以上を保全するとする「30 by 30」の新目標が決まり、世界は真剣な一歩を踏み出したところである。

結局、アフリカなどの人口爆発とそれが招く飢餓と貧困も、先進国で進む出生率の低下と少子高齢化も、話し合いによる綿密な人口管理を行うことによってしか解決はされない。そんな危機をよそにロシアのウクライナ侵攻は続き、中国や日米は今日も軍事力の増強にひた走っているいま、最速でプラネタリー・バウンダリーを引き起こすのは核兵器かもしれない。生活の目線を少し遠くへ置いて、地球の保全を考えるのは私たち一人ひとりである。少子化対策も、移民を選択肢に入れれば解決に近づく。これは理性の問題である。

2023・02・05

V

人権に関して、これ以上の厚顔無恥は許されない

一昨年（２０２１年）、中国による強制労働が疑われる新疆製の綿を使用していたとしてユニクロの綿シャツがアメリカで輸入差し止めになったのは記憶に新しい。いまやビジネスにも人権への配慮が組み込まれる時代である。２０１１年に国連で「ビジネスと人権に関する指導原則」が採択されたのを皮切りに、アメリカは「ウイグル強制労働防止法」、ＥＵは「強制労働生産品の流通禁止規制案」などの法整備を行い、日本でも昨秋、ようやく「企業に人権デューデリジェンスを求める指針」が策定された。

とはいえ、グローバルな企業活動にあって日本だけ人権に後ろ向きなのはマズいというのが政府や企業の本音に過ぎず、新疆綿の使用にしても、人権弾圧を続けるミャン

マーの国軍とのビジネスにしても、既得権益や企業利益の確保のためには排除しないという選択も依然としてある。言い換えれば日本の政府にも国民にもそうした企業の選択を許す土壌があり、現に人権弾圧に与するビジネスを明確に禁止する法律もない。

現行憲法施行から75年、国連の世界人権宣言の採択から74年、私たちはそれらに謳われている基本的人権に十二分に馴染んできたはずだし、日本国民に人権があるなら、もちろん外国人にも同様の人権はあると考えるのがふつうの感覚だろう。しかし現実には、新疆ウイグルやミャンマーの人権状況に対する私たちの関心はきわめて低いし、身近な国内では在日への露骨なヘイトもあとを絶たない。

また、一部の政治家が差別や偏見を助長するかのごとき発言を繰り返すのは、有権者がそうした不適格者を国会に送るからだし、衆議院の女性議員比率10％、上場企業の女性役員比率9％という数字は、女性の社会権を阻害する構造的な人権侵害以外の何ものでもない。この現状を見ても、私たちは老若男女を問わず、明らかに人権に鈍感なのだと言わざるを得ないが、その象徴こそ、今国会に再提出される入管法改正案だろう。

2021年に国会に提出された旧法案は、名古屋の入管施設に収容されていたスリランカ人女性、ウィシュマ・サンダマリさんの死亡についての入管の対応が大きな非難を浴び、与野党の修正協議が決裂して廃案になったものである。それがいま、結果的に修正協議からも後退した内容となって再提出されるのであり、国連人権理事会が日本政府に対して「国際人権法に違反している」という意見書を提出した日本の入管制度は、ほぼそのまま温存されることになる。

日本は諸外国に比べて難民認定率が極端に低いことで知られる。そこには難民の定義がＵＮＨＣＲ（国連難民高等弁務官事務所）の定める国際基準よりはるかに狭くなっていること、また難民申請者に過度の立証責任が求められること、さらには認定手続きで代理人の同席が認められず、聞き取りの録音や録画もされないなど、入管の判断の透明性が担保されていないことなどの理由が指摘されている。端的に、この認定審査や出入国管理は一般の行政手続法の適用外になっているのである。

それにしても、収容期間に上限がなく、司法による収容の適否の審査もない国際法違反の入管制度が、抜本的な改革をされないまま温存される理由は何か。在留資格のない人を原則全員収容する全件収容主義は制度のたんなる硬直化ではないのか。難民の定義の国際基準を無視し続けたり、命からがら逃げてきた人に詳細な立証を求めたりするのは、理由の如何にかかわらず、人権という点でまさしく不当ではないのか。

難民の送還を禁じた国際慣習法「ノン・ルフルマン原則」は、単純明快な人権尊重の理念に基づくものである。それに明確に違反する現行の入管制度は、当然人権に反していることになる。国会に理性があるなら、仮に相手が犯罪者やテロリストであっても送還を禁ずる大原則があって初めて合理的かつ包括的な制度設計が可能になることを再確認すべきである。日本人は、人権に関してこれ以上厚顔無恥になってはならない。

2023・02・12

五輪ビジネスモデル私たちも共犯の「亡国」

市井にとって、コロナ下の無観客開催となった東京オリンピック・パラリンピックはすでに遠い過去の話になったが、司直による大会組織委員会の汚職や談合の追及はいまが佳境のようだ。

昨年（2022年）秋にはスポンサー企業をめぐって組織委員会の元理事と複数の企業幹部が贈収賄容疑で逮捕され、年明けの2月8日には、大会運営局の元次長と電通やイベント制作会社の関係者らが、テスト大会の会場毎（ごと）に行われた競争入札で事前の受注調整を行っていたとして独占禁止法違反（不当な取引制限）の容疑で逮捕された。契約金5億4000万円のテスト大会を落札した9社と1共同企業体は、そのまま本大会の運営業務も随意契約で受注しており、こちらの総額は約400億円に上る。

　いずれのケースも多くの国民がなんとなく分かっていたことであり、不正の大きさのわりには大した驚きもなく、いよいよオリ・パラへの関心が潰えただけのことである。実際、最終的に1兆7000億円にまで膨らんだでたらめな大会経費を思うとき、政治家と電通と一部の企業がそれだけの公金を身内で差配することが慣例となっているスポーツビジネスの現実に対して、国民にできるのはせいぜいそっぽを向くことぐらいだろう。それでも、いざ大会となればそっぽを向くどころか、誰もがテレビやネットで観戦し、選手たちの活躍に声援を送る。言い換えれば、オリ・パラやワールドカップなどのスポーツイベントについては、観客となる私たちもまた、水面下で巨額のマネーが動くビジネスモデルの共犯だということである。

　今回摘発された事前の受注調整はもちろん競争入札を意図的に制限した不当行為だが、33もの競技が同時並行で開催された東京オリ・パラで、すべての運営を滞りなく進めるためにはそれなりに実績のある業者に受注させるほかなかったという声もある。一般人が初めて見る競技、馴染みのない競技も多く、サーフィンやスケートボード、馬術など、会場の設営一つとっても経験のない業者の手に負えないのは想像がつく。

　とすれば、まず考えてみなければならないのは、本来コンパクトが求められている大会で、33もの競技数は多すぎるということだろう。また、運営に自治体が関わるスポーツ大会では、仮に実績のある業者に委託するにしても、公金の支出の透明性は確保されなければならない。そのためには海外の業者の受注にも積極的に道を開く必要があろう。そして、実際の業務を電通などに丸投げする日本独特のビジネスモデルが談合と贈収賄の温床になることを、私たち国民が正しく認識することである。

昨秋の贈収賄の摘発では、組織委員会の電通OBの元理事が懐にした賄賂は1億5000万円に上るとされているが、そうしてばらまかれた不正な金がさまざまなかたちで正当な企業活動を妨げるという意味では、回りまわって市井の私たちにも幾ばくかの不利益がもたらされる話だからである。

それにしても今回の摘発について、東京オリ・パラの主催者だった東京都知事は「仮に事実なら遺憾なこと」とまるで他人事だし、組織委員会の会長や役員たち、さらには担当大臣だった政治家たちはまったくの雲隠れである。もとよりお飾りだった役員にしろ、金集めの手腕が買われたのだろう元首相にしろ、その顔ぶれを眺めるに、現在の日本にこうした国家レベルの祭典を主催する能力がないのは、否定できない事実だと言うほかはない。結果的に大きなトラブルもなく遂行できたのは不幸中の幸いだったが、その中身が、まともな組織運営もできない丸投げと無節操なばらまきだった以上、東京オリ・パラが無残な大会であったことに変わりはない。

アスリートたちの活躍もあり、無観客でもそこそこ盛り上がった東京オリ・パラではあったが、日本人はやはり、これを結果オーライにしてはならないと思う。私たち自身の能力不足と、責任追及の放棄がもたらす亡国の病を、いままた冷静に自覚するときである。

2023・03・05

技術劣化の現在地シビアに見つめる必要

2月7日、マイクロソフト社がチャットGPT機能を強化した検索エンジン「B・i・n・g（ビング）」の搭載を発表し、新聞でも大きく報じられた。当面は順番待ちだが、数週間以内に私たちのパソコンでふつうに使えるようになるようだ。

それにしても、半導体の高性能化により、AIの進化はすでに市井の想像を超えたものになっている。人間がAIに学習させる文章データの量が飛躍的に増大した結果、いまではたんなるデータ処理や画像・音声認識を超えて、AIが自ら文章や画像をつくりだす生成AIに発展しているのである。

昨年（2022年）11月にアメリカの新興企業オープンAIが公開したチャット

GPTの技術は瞬く間に社会に浸透し、ふつうの生活者から学生まで、利用者は2カ月で1億人に達したという。なにしろ質問を入力すると、ひとまず人間と会話しているような自然な回答が自動で返ってくる。学生はチャットGPTにリポートを書かせることができるし、検索エンジンの代わりに使うこともできる。将来的には種々の研究開発などでの利用も進むと見られ、2030年の市場規模は14兆円と予想されている。

むろん、こうした生成AIが人間の代わりに論文や動画を作成するようになれば、誤ったデータに基づいた偽の文章が生まれてくる可能性があるほか、生成AIは自ら綿密に辻褄(つじつま)を合わせるため、作成された内容の誤りを人間が見抜くのは存外に手間だという難点もある。また、現実にどれほどの利用価値があるか、現時点では怪しいと言うほかないが、それでも孤独な高齢者の話し相手ぐらいにはなるチャットGPTの普及は、おそらく時間の問題だろう。

ともあれ、対話型のチャットGPT機能の普及は従来の検索エンジンが不要になるということであり、検索が収益の柱であるグーグルなどは存亡の危機に陥るという見方がある一方、これまでGAFAに追いつけなかった日本は、いまこそ数百億円を投じても官民あげてこの新技術に参入するべきだという声も早速出始めている。

しかしここは、先端技術でことごとく後れを取り、官民でキャッチアップを目指しては失敗してきた近年の悪しきパターンを冷静に振り返るべきである。先日も三菱重工業が国産旅客機開発の断念を発表したばかりだが、これも国が500億円を投じた国策だった。断念の理由は、機体の安全性を各国の航空当局に説明するための「型式証明」が、ノウハウ不足により取れなかったことが大きいそうだが、それ以外にも炭素繊維の複合材に技術的課題があったり、アメリカ製エンジンでの低燃費の実現が困難だったりと、問題が多かったようである。三菱は技術を事業化するための知見不足を断念の理由にあげたが、それ以前にそもそも技術自体がどれほどのものだったのか、大いに疑問がわく。

さらに、台湾や韓国に大きく水をあけられている最先端のロジック半導体でも、昨年11月に大手企業8社が70億円、国が700億円を出資して新会社ラピダスが設立されたが、日本の半導体事業の失敗の要因である先見性の無さは、結局のところ新技術を追求する力の無さとイコールであろう。そうした根本の技術力不足という厳しい現実について、企業も経産省も自覚がなさすぎる以上、ラピダスもおそらく頓挫するに違いない。

半導体をはじめ、炭素繊維に代表される素材開発、量子コンピューターなどの分野で日本はかつて世界の最先端を走っていたが、それはすでに過去の話であり、いまや多くの分野で技術が劣化しているのが日本の現在地ではないかと思う。日本の技術力をなおも過信している経産省と違って企業はもう少し冷静だと思うが、官民ファンドで経産省に強引に押し切られている限り、企業も同罪である。

私たちは技術大国の夢を葬る必要はないが、少なくとも現在地をシビアに見つめることは不可避である。大企業も中小企業も昔取った杵柄（きねづか）は忘れ、いまこそ自分たちにできることを着実に積み重ねてゆくことである。

2023・03・12

ウクライナ戦争一年
当事国双方とも銃を置け

ロシアのウクライナ侵攻から一年。2月23日には国連総会でロシア軍の即時撤退を求める決議が141カ国の賛成で採択されたが、平和の道筋は見えない。現状では軍事大国ロシアの勝利さえ見通せず、ロシアとウクライナの双方が早期の戦争終結をまったく予想できない不毛な消耗戦となっている。

端的に、一日平均800人超の死者を出しているというロシア軍も、それとほぼ同様のウクライナ軍も、30万人を動員すれば一年はもつ。強いて言えば、戦争が長期化すればするほど人口の多いロシアが有利にはなるが、この先一、二年ならどちらも戦争を続ける員数に支障はないだろう。かくして、ロシアは侵攻の目標や大義を次々に書き換えながら勝利するまで戦う意思を鮮明にする一方、ウクライナも決して屈しないと繰り返し表明。欧米各国はＮＡＴＯへの戦火拡大を阻止するためにウクライナへの軍事支援を一層拡大させており、国連安保理の非力と、援助国ロシアを気遣うグローバルサウスの様子見もあって、停戦はいよいよ遠のいているのである。

振り返れば、ロシアが核兵器の使用をちらつかせ始めた昨年（２０２２年）春以降、世界には停戦を模索する動きや言論が見られたし、本欄「サンデー時評」でも何度か軍事支援よりも戦争を止めるのが先だと書いてきた。西側の論理や人道の視点しか身につけていない日本の一市民は、戦争当事国双方の痛み分けによる一日も早い停戦こそ、何より優先されるべき道だと信じたからである。基本的にはいまも、国家の大義のために国民が死ぬことは正当化されないと信じているが、ウクライナ侵攻から一年の現実は私たちの常識に大きな試練を突きつけている。この戦争はどうしたら終わるのか、あるいはほんとうに終わることができるのか、あらためて自問しなければならないと思う。

新聞各紙を読む限り、ロシア国内には反戦や反プーチンの根強い声がある一方で、強いロシアを求める伝統的な愛国心もあり、ロシア人の生活感情は分裂しているようである。国内では徴兵や動員に備えた軍事訓練が行われ、軍需工場も24時間稼働していて戦時体制が強化されているが、戦争の長期化は直ちに国民を不安に陥れるほどではないと見られている。

一方のウクライナも、米軍の発表では昨年11月までの死傷者がロシア軍と同じ10万人に達しているが、占領地を残したままでは次の侵攻の足掛かりになるため、領土を完全奪還するまでゼレンスキー大統領に停戦の考えはなく、報じられる市民の声も、ウクライナが解放されるまで戦うというものが男女を問わず大半を占める。戦時下での強い同調圧力という側面を差し引いても、クリミア併合以来高まった反ロシア感情という点で、ウクライナ国民の士気は総じて高いと言える。

70年以上も戦争と無縁の暮らしを謳歌している日本人には、戦時体制に愛国心を鼓舞されるロシア人の心象も、残酷な戦火の下でも士気を失わないウクライナ人の心象も、どちらも真に理解することはできない。ロシアと地続きのＮＡＴＯ諸国が戦火の拡大を恐れる切迫した危機感も、同様に分かるとは言い難い。日本も台湾有事の懸念があるとはいえ、あくまで外交努力が潰えた後の話であり、現実に国境の向こう側で戦闘が繰り広げられている状況と同列に捉えることはできない。言い換えれば、国連決議に賛成した１４１カ国の多くは国際法に基づいた平和の理念に賛同しただけであり、それが限界でもあるだろう。

とはいえ、そうした限界の下、あえて愚直に即時停戦を求め続けるのが私たちの務めではないか。ロシアとウクライナの双方に譲れない大義があり、それが戦争の早期終結を不可能にしているにしても、さらに一年も戦闘が続いた先にあるのは回復不能な疲弊と数十万人の犠牲者だけであって、そこに勝利の意味はない。日本はロシアの弱体化を狙うアメリカの戦略に同調するのではなく、当事国双方に銃を置くよう求めるべきである。それこそを平和外交という。

2023・03・19

少子化対策と高齢者向けの消費社会

昨年（2022年）の出生数、79万9728人。統計のある1899年以降、初めて80万人を割り込んだそうだ。従来の予測より12年も早い、文字通り想定外の減り方と聞けば、不安を通り越して恐怖すら覚える。加藤厚労大臣はこれを「経済や社会の基盤が大きく揺らいでくる危機」と呼ぶが、一向に具体像が見えない少子化対策とその財源をめぐる国会審議の空疎さと同じく、他人事のような発言ではある。

合計特殊出生率が当時過去最低の1・57となった1989年以降、国の少子化対策にもかかわらず少子化は止まらず、2021年の出生率は1・30。20年代半ばには労働力人口の減少が始まり、専門家の試算では実質国内総生産（GDP）成長率は40年にはマイナスになるそうだ。年金給付水準の見通しも、これまで47年度には19年度より2割低下するとされていたのが、このままの速さで少子化が進むとさらに低下するという。

そうなると、介護職員の不足も深刻である。高齢者人口がピークを迎える2040年度には19年度に比べて69万人を新たに確保しなければならないが、少子化による人手不足がそれを困難にするのは確実で、介護サービスが受けられない事態も随時起きてくるだろう。

はて、マイナス成長で縮んでゆく社会に要介護の高齢者があふれている国の将来を思うとき、真っ先に手を打つべきは少子化対策で出生率を上げることか。それとも巷にあふれる高齢者対策か。

1994年の「エンゼルプラン」以来、30年近い少子化対策が成功しなかったのは、児童手当や子育て支援などの家族関係支出が小出しにされ、先進国に比べて低い水準に留まってきたからだと言われる。とすれば、財源がないことを除いて、今国会で政府が「倍増」を掲げていること自体は正しいし、子どもがもてないとされる世帯所得が500万円以下の若い世代の所得支援や、大学の学費軽減措置などの抜本的な対策が取られたなら、出生率は有意に改善されるという専門家の試算もある。

しかしながら、仮に少子化に歯止めがかかっても、そのことがすぐさま労働力人口の回復や年金給付水準の改善につながるわけではないし、高齢者の絶対数が減るわけでもない。内閣府の試算では2030年に合計特殊出生率が2・07に回復し、その後も同水準が続く場合、人口ピラミッドは60年に各世代がほぼ同じボリュームとなる長方形型に改善されるというが、これはあまりに空疎な試算だろう。端的に言えば、仮に「異次元の少子化対策」が成功して出生率がいくらか改善しても、当面の労働力人口や介護職員の確保には間に合わないのである。

ならば、社会の作り替えが必要である。少子化対策とは別に高齢者の暮らしを支える仕組みを早急に整えなければならないが、こちらは少子化対策のような巨額の財政措置は要らない。たとえば、介護職員不足や貧困で介護サービスが受けられない高齢者の増加に備えて、地域の住民が介護支援をする仕組みをつくるのは一つの解になろう。そのためには地域通貨や訪問看護などの地域医療や、地域の学校などとの連携も欠かせない。高齢者の自立した生活に必要なさまざまなロボットの開発も有効だし、医療や生活支援のためのAIの活用や、見守りサービスのためのセンサー網の発達なども期待できる。むろん、健康寿命を延ばすための指導も不可欠である。

一方、高齢者自身もできるだけ自立することが求められるが、その大前提として可能な限り働くことである。好き嫌いは言っていられない。少子化と人口減と高齢化が進んだ社会では、高齢者は労働力であると同時に消費者となるのであり、積極的に新たな消費社会をつくってゆくほかはない。たとえば、すでに高齢者しかテレビを観ないのであれば、高齢者向けの番組や商品をもっと開発することで、テレビが新たな消費を牽引する可能性もある。そうして社会の停滞を少しでも打破することができれば、若い世代も楽になり、風通しがよくなるのだと信じたい。

2023・03・26

国家の体をなさぬ国で3・11をどう振り返るか

東日本大震災から12年。今年（2023年）も3月11日を迎えてあらためて年月を数えながら、あの日を振り返り、それぞれに粛々と犠牲者を追悼するだけの時期は終わったと考えている私がいる。

というのも、直接の被災者ではなかった者の限界で、震災の記憶はすでにかなり遠いものになっている一方、2月にはトルコとシリアで5万2千人が犠牲になる地震が発生したり、足元では福島第1原発の過酷事故などなかったかのように原発回帰が進む冗談のような現実があったりと、3・11を振り返ることの意味自体が年月とともに変容しているからである。

実際、トルコ・シリア地震は、ある日突然、大地震に見舞われることの不条理を世界に見せつけたという意味では、それこそ私たちの3・11の記憶を上書きしてしまったと言える。耐震性のない日干し煉瓦の違法建築が被害を大きくしたというが、トルコでは150万人が家を失い、いまも140万人がテント生活で、復興にかかる年月は想像もつかない。

福島のような原発事故はなかったとはいえ、トルコ南部では350万人のシリア難民がトルコ国民と同じく被災しており、困窮に拍車がかかっている。シリア国内もただでさえ内戦で生活経済が逼迫しているところを地震が襲い、10万世帯を超える避難者には食糧や医薬品の支援も十分には届かず、衛生状態の悪さからコレラの感染拡大まで懸念されている。もともと内戦で荒廃していた国土の再生は、こうしてますます遠のいてゆくのだろう。

このように地震国で暮らす宿命を背負いながら、トルコの人びとは建物の耐震性を等閑にし、シリアの人びとは先の見えない内戦状態を放置し続けるのだが、人間の愚かさという点では日本人も負けてはいない。あれほど福島第1原発の爆発に震撼し、3・11以降周知が進んだ南海トラフ巨大地震の被害予想に驚愕したはずなのに、ロシアのウクライナ侵攻でエネルギー価格が高騰するやいなや、国を挙げて原発回帰に走り、有権者もとくに反対の声を上げない。

それだけではない。いまも住民の避難計画が策定されていない原発は、周辺の人口が94万人の東海第2、82万人の浜岡、44万人の柏崎刈羽、32万人の敦賀など、6カ所を数える。ちなみに地震での道路の崩落や悪天候、渋滞などの諸条件の下での避難経路の確保は不確実性を伴うが、それ以前にそもそも30万人や40万人という規模での一斉避難は物理的に不可能だと言われている。すなわち立地自治体は避難計画を作ろうにも作れないのである。国が前面に立つと約束したところで国にできることはなく、過酷事故が起きたとき、周辺住民は速やかな避難ができないまま見捨てられるのである。それでも国が再稼働を急ぐのは、愚かを通り越して国家の体をなしていないと断じてもよいだろう。

これが3・11から12年の日本の姿である。私たち日本人の記憶の回路には大穴があいており、どんなに大きな出来事もたかだか数年で抜け落ちてゆくのだが、それはすなわち経験から学ばない、反省をしない、ということである。また、失敗や事故の原因を厳密に追及せず、誰も責任を問われないまま皆で傷をなめあうだけなのだが、原因の徹底究明なくして改良も前進もないとすれば、日本の原発の未来が明るいはずもない。

次の巨大地震が起きたとき、いまよりさらに経済規模が縮小しているのは確実な日本に、もはや完全復興する力はない。見渡す限り瓦礫の山と化したトルコ・シリア地震の光景は明日の日本だと思い定めれば、漫然と希望や可能性を語るのではなく、3・11の振り返り方も更新すべきである。まずは既存の原発をどうするのか。避難所や食糧の絶対的な不足をどうするのか。被災者の支援の優先順位を決める必要はないのか。電気・ガス・水道や交通インフラの復旧の人手は確保できるのか、などなど。かくも少子高齢化が進んだ国で、巨大地震を乗り越えるためのハードルはおそろしく高い。

2023・04・02

引き裂かれ続けた徴用工
人間の苦しみへの謝罪を

3月6日に韓国政府が公表した徴用工問題の解決策は、私たち日本人こそ大いに話題にすべきだった。にもかかわらず、3・11の追悼やWBCのお祭り騒ぎであっという間に押し流されてしまったのはなんとも残念なことである。

日本の植民地時代に企業側の募集に応じたり、国民徴用令で徴用されたりして動員された朝鮮半島の人びとは、人間として当たり前の謝罪と賠償を求めてきただけなのに、ときどきの日韓両政府の政治に利用され、世論に翻弄（ほんろう）され、引き裂かれ続けて今日がある。

今回の解決策は対米・対日関係の改善を優先した尹錫悦（ユン・ソンニョル）政権が率先して決断した政治

決着である。すなわち、徴用工問題は1965年の日韓請求権協定で「完全かつ最終的に解決」されているとする日本政府の主張を結果的に認めた格好であり、被告企業の謝罪も賠償金の拠出もなかったことから、元徴用工の本音は複雑だろうし、韓国世論にくすぶる火種はそのまま残ったとみることもできる。

むろん、両国政府とも世論を睨みながら繊細な綱渡りをせざるを得ないのが日韓関係であり、1910年の韓国併合が合法か否かという歴史認識の齟齬に始まり、竹島の領有権問題や日韓請求権協定についての認識、慰安婦問題合意の空文化、日本の対韓輸出規制と韓国による軍事情報包括保護協定（GSOMIA）の破棄通告など、難しい問題が数多く横たわる。それらのすべてが国内世論一つで風向きが変わり、とくに韓国ではゴールポストを動かす結果にさえなってきたことを思えば、今回の尹大統領の政治決着の決断の凄さと、将来にわたって不可逆とは言いがたい危うさの両方が透けて見えるというものである。

そして日本も、国内の保守勢力を刺激しないようあくまで日韓請求権協定の大原則を貫く姿勢を崩さない一方、故小渕恵三元首相が日本の植民地支配への「痛切な反省と心からのお詫び」を表明した1998年の日韓共同宣言に触れることで、お詫びや反省を口にすることなく歴代内閣の歴史認識を全体として引き継いでいるとした。こうした綱渡りにより、韓国側が示した渡りに船の解決策を瓦解させないよう腐心しているのは確かだが、一日本人としては、日本にももっとやれることがあったのではないかという思いが消えない。

第一に「痛切な反省と心からのお詫び」を表明した日韓共同宣言を引き継ぐというのであれば、元徴用工の切なる求めに応じて直接謝罪すべきだし、謝罪できるはずである。第二に、被告企業である三菱重工業と日本製鉄のこの間の姿勢は実にずるい。彼らは日韓請求権協定の「完全かつ最終的に解決」という日本政府の立場にそのまま便乗し、あくまで国と国で解決すべきであって企業は関係ないと言い続けてきたが、同じ会社である以上、自社が行った過去の行為に現経営陣がまったく責任がないなどということがあるはずもない。私企業であればなおさら道義的責任を問われて当然であり、株主たちは座視を決め込んだ経営陣の姿勢こそ追及すべきだろう。

最終的に日本は賠償とは切り離した新たな事業創設などを考えてゆくらしいが、経済交流の強化と過去の清算はイコールではない。日本は今回もまた植民地支配への主体的な反省や謝罪を避けることで、自ら将来に火種を残す道を選んだのだが、もとより韓国併合が合法だったか不法だったかを不問に付すことで成立しているガラス細工のような日韓関係にとって、過去の清算が言うほど簡単でないのは確かだろう。しかし、国家間はそうであっても、徴用工問題は歴史認識以前に、個別の人間の具体的な苦しみをどう贖うかの問題である。国としての譲れない一線とは関係なく、同時代を生きる日本人や韓国人が、元徴用工の苦しみにどう向き合うかの問題なのである。だからこそ、被告企業が国家間で解決すべきだとしたのは大きな間違いなのだが、私たち国民もまた彼らと同じく、多くはこれを国家間の駆け引きやメンツの問題と見てきたのではなかったか。

2023・04・09

現代の金融市場は見えない地雷原の上にあるようなもの

市井の生活者にとって、金融機関の破綻のニュースは地震と同じくらい唐突にやってくるが、それは専門家も同様らしい。昨年（２０２２年）11月の暗号資産交換業大手ＦＴＸトレーディングの破綻や、それに端を発した別の銀行破綻しかり。この3月10日のシリコンバレー銀行の破綻のニュースは大きな驚きをもって受け止められ、誰も予想していなかったために破綻のニュースは一気に世界を駆け巡った。

一方、ひとたび破綻が起きてみれば、その理由はきわめてシンプルではある。今回のシリコンバレー銀行の場合は、金融緩和下で低金利の資金調達をしてきた顧客のスタートアップ企業が、コロナ後の業績不振で預金の引き出しを急ぎ、銀行の手元資金が不足したこと。また、昨年3月からFRB（米連邦準備制度理事会）がインフレ対応で利上げを繰り返した結果、銀行は運用している債券価格の下落で含み損を抱えていたことがそれである。言い換えれば、金融緩和の低金利で潤った新興企業と銀行の双方が、一転して利上げの影響で業績が行き詰まったということであり、結果的にアメリカ史上2位となる総資産28兆円の銀行破綻となった。バブルは弾けるまで誰も予測できないと言われるが、アメリカはまさにいま、金融緩和のツケを払っているのである。

とはいえ２００８年の金融危機以降、金融機関の規制は厳格になっており、今回相次いだ銀行破綻はこれまでの常識では考えられないものだった。すなわち元はと言えば大量の預金を償還期間の長い債券につぎ込んでいた銀行経営の失敗ではあったのだが、顧客の相次ぐ預金引き揚げや、払い戻しのために手元資金をかき集める銀行の振る舞いがSNSで拡散し、不安が不安を呼んで、文字通りあっという間に資金繰りが悪化したと言われている。実にSNSが銀行を潰す時代になったということだ。

いまのところ今回の銀行破綻が２００８年のような急激な連鎖倒産に発展することはないと言われている理由もそこにある。現に米銀2行の破綻に続いて3月14日、スイスの大手銀行クレディ・スイスに信用不安が飛び火したのも、たんに投資家や預金者の間で疑心暗鬼が広がったことによる。クレディはかねてから内部管理体制に問題があったものの、十分な資本はあり、資金繰りに行き詰まるような状況ではなかった。それでもSNSで悪評が拡散するやいなや多額の預金流出が起こり、翌15日には株価が30%も下落、スイスの金融当局が救済に乗り出す事態となったのである。どんなに資本が潤沢でも、悪評一つで巨大銀行が潰れる時代になったことには言葉を失う。

結局、クレディはスイス金融最大手のUBSに買収され、危機はひとまず回避されたが、これで欧米の金融不安が払拭（ふっしょく）されたわけではない。その理由の一つはやはりSNSであり、いつどこでどんな情報が拡散するか予測がつかない以上、現代の金融市場は眼に見えない地雷原の上にあるようなものだと言ってもいい。また、債券価格の下落で財務内容が悪化した欧米の銀行を支えるために、各国が協調して市場へのドル供給を増やしている一方で、欧米ともに景気後退よりもインフレ対応を優先して当面は利上げを続ける姿勢を鮮明にしており、今後は世界的に融資や投資が冷え込むのは確実である。景気後退は避けられず、不動産市場には北風が吹き、企業倒産や銀行破綻も増えるだろう。

かくして、インフレ下での景気低迷というスタグフレーションの難題を抱えて、各国が政策金利の匙（さじ）加減に腐心するいま、日本も例外ではない。折しも4月に交代する新しい日銀総裁は、この難しい局面で10年続いた異次元緩和の手じまいに乗り出せるか否かを問われるが、現状維持にしろ、引き締めのサインを出すにしろ、当面は市場を危機に陥らせないことができれば御の字だろう。

とまれ、今回の米銀2行の破綻が見せつけたのは、現代の金融市場が想像以上に脆弱なことと、絵に描いたような取り付け騒ぎを生み出すSNSの衆愚である。

2023・04・16

こども家庭庁の不透明な発足
大人の意識変革こそが必要

1年前、政策にも財源にも触れないまま首相がぶち上げた将来的な「子ども予算倍増」が防衛費の大幅増に押しやられて後回しになった後、今年（2023年）1月にまたしても具体策のないまま首相は「異次元の少子化対策」というアドバルーンを上げ、この3月末までに付け焼き刃で子ども・子育て政策の「試案」がまとめられたものの、やはり具体策と言うにはほど遠い上に肝心の財源の議論はこれからという。これがこの国の子ども政策の体たらくである。鳴り物入りで発足したこども家庭庁に今後どのくらいの予算と権限が回されるかを含めて、とても安心して見守っていられる状況ではない。

事実、子ども・子育て政策の強化というが、主たる狙いは少子化対策であり、社会全体で子どもを育ててゆくという基本はあいまいになっている。その一方で、児童手当などの現金給付は子どもを産むことに直ちにつながるわけではないという意味ではむしろ子育て支援なのであり、真の少子化対策としては非正規雇用の賃上げや公立学校の教育水準の底上げなど、もっと根本的で幅広い対策が必要なのは論を俟たない。

とまれ今回の試案では、その児童手当の拡充も、所得制限撤廃が謳われてはいるが未定の部分が多く、財源に合わせて詳細を決めてゆくほかないという。多子世帯加算も第2子を含むのか、第3子からに絞りこむのか、線引き一つで数兆円単位の予算が必要になると言われている。もう一つの目玉である保育士の配置基準の改善も、財源不足で長らく放置されてきたものだが、本来は待遇改善も併せて行わなければ地域によっては配置基準の見直しに必要な人員が確保できないという指摘もある。

また、学校給食の無償化や出産費用の保険適用の検討なども盛り込まれ、まさに何でもありの様相を呈する一方で、一人親世帯の児童扶養手当の所得制限の緩和や、障害のある子どもの助成制度の所得制限の緩和など抜け落ちているものもある。いずれにしろ、財源によっては実現できないものも出てくるのは必至だが、その財源についての見通しはまったく立っていないのが実情である。

いまのところ社会保険料などへの上乗せや、事業者が負担している子ども・子育て拠出金の増額などが候補に挙がっているが、それだけでは足らないし、現役世代と事業者に負担が偏ることには異論もある。本来であれば、広く薄く国民全体で負担するために消費税の増税が一番適しているが、首相が自ら10年程度は上げないと宣言している上に、与党内で増税の議論は皆無の現状を見れば、どこを探しても十分な財源はないと言ってもよいだろう。とすれば、社会保険料の値上げで何とか帳尻を合わせるのだろうが、最終的にどのくらいの財源が確保できるのか、不透明の極みではある。

そしてさらに心配なのは、こども家庭庁なる役所が子ども政策でどんな役割を担い、どんな課題に取り組むのか、国民にとって実に漠然としていることである。妊婦と出産の支援、保育の支援、子育て支援、児童手当、子どもの性被害防止などを扱う「成育局」と、困難を抱える子どもと親の支援や児童虐待、ヤングケアラー支援、子どもの貧困対策などを扱う「支援局」、そして「長官官房」の三つに分かれているが、何しろ課題があれもこれもと多岐にわたる一方で、親にとって最大の関心事である教育分野を依然として文科省が担うのは縦割りでもある。

詳細は「試案」をもとに近く立ち上がる「こども未来戦略会議」で決まるというが、全体としてお役所仕事の感が強いこの組織に足りないのは、国連の「子どもの権利条約」や国内法の「こども基本法」に謳われているような、社会全体で子どもの仕合せを実現するという理念であり、それは私たち大人も同様である。少子化を何とかしなければと走り出してみたものの、一番変わらなければならないのは私たち大人の意識であり、そこを出発点にすれば財源問題にも道が開けるというものだろう。

2023・04・30

問題含みの入管法改正案
難民となった自身を想像せよ

4月18日、国会で入管法改正案の質疑が始まった。改正案は2年前に廃案となった旧法案をほぼ焼き直しただけの代物だが、旧法案については2021年4月、国連の特別報告者3名と国連人権理事会の恣意的拘禁作業部会が、国際人権基準を満たしていないとして日本政府に共同書簡を送ったことが話題になった。そんな問題含みの改正案がまさにいま、衆院の法務委員会で取り上げられているのである。

一昨年(2021年)に名古屋入管に収容されていたスリランカ人女性が死亡した事件を待つまでもなく、収容を基本とする日本の入管制度は、個人の身体の自由について定めた国際人権規約に反するとして内外から繰り返し批判されてきた。収容の適否を裁判所が判断する仕組みが存在しないことや、被収容者の救済措置が保障されていないことも人権規約違反に当たるほか、難民認定申請者の強制送還を一部可能にする改正案の措置は、送還後にその人の生命や自由の重大リスクを生じさせる可能性があるという点で難民条約にも違反する。

一方、日本政府は入管法を理由に頑(かたく)なに国連の指摘を無視し続けているのだが、そもそも国際人権規約は入管法などの国内法に優越するし、国連の特別報告者を尊重しないのは国連憲章にも反する。それでも日本政府が動かないのは、たんに人権意識が低いという以上に、世界のなかの自己を客観視できない日本人の致命的な病と言ってよい。かくして難民や女性や子どもの人権に関する限り、政府は日本の国際的地位への悪影響をものともせず、国際基準を無視して国内の保守勢力の古い価値観を平気で優先させているのである。

日本は難民認定が極端に少ないことで知られるが、それ以前に難民審査の実務が置かれている状況自体がきわめて閉鎖的で不透明である。現に、難民申請者の支援団体は、つねづね「迫害の恐れ」という要件のハードルが日本は国際水準に比べて高すぎることを問題視する一方、難民審査に当たる側は、そもそも難民条約上の難民に該当する人は少ないのが実態だと言う。これはどちらが正しいというより、見る角度によって見え方が異なるということであり、むしろ難民認定の実務の透明性が求められているということである。

改正案の上程に当たって、国は「適正な出入国在留管理を確保するうえで喫緊の課題」と強調したが、そもそも不法滞在者を生み出してきたのは当の出入国在留管理の制度と実務双方の欠陥であり、強制送還の実効性を高めることで問題を片付けるのは筋が違う。優先すべきはあくまで不法滞在状態の解消であり、収容期間の短縮であり、そのための法整備である。たとえば収容に際して司法がその適否を判断する制度の導入は必須だし、難民認定は不認定でも、人道的見地からの補完的保護対象者への認定や、在留特別許可の迅速な運用などの円滑な実務の遂行は、収容よりずっと重要だろう。

事実、強制退去処分が出ても帰国を拒む「送還忌避者」は、昨年末の時点で4233人。そこには日本で生まれ育った18歳未満の子ども201人が含まれる。親の事情が何であれ、日本語しか話せず、現に日本の学校に通っている子どもを、親とともに強制送還することにはどんな合理性もない。むしろ、親も子も在留資格の拡充で不法滞在の状態を解消し、日本で生活の基盤を築けるように持ってゆくほうが、はるかに社会の安定に資するというものである。

私たち日本人にとって、難民問題はけっして他人事ではない。現に福島第1原発の事故では、へたをすると関東を含む東日本全体が人の住めない土地になっていたと言われる。次に来る南海トラフ大地震や原発の重大事故で、日本人が海を渡って逃げなければならない状況になったとき、私たちはまさに難民になるのだが、十分に人権に配慮した扱いを受けられるだろうか。さまざまな迫害から着の身着のまま逃れてきた4233人の現状にこころを痛めない日本人は、自身が難民となったときのことを想像してみるべきである。

2023・05・21

生成AIが跋扈する世界 せめて国際的なルール作りを

オープンAI社が開発した最新の対話型AI、チャットGPTなるものを本欄で取り上げたのはほんの2カ月前だった(本書236ページ)。当時はマイクロソフトの検索エンジン「Bing」に試作版が搭載されたばかりで、人間の知的活動をこの新しい生成AIが根本的に変えてしまうかもしれない、という以上の具体的な想像はできなかった。否、私のような市井の生活者はもちろん、最先端の技術者から大手IT業界のトップ、世界の政治家たちまで、誰一人として今日起きていることを想像できなかったのは確かだ。それほどチャットGPTの進化のスピードは驚異的で、すでに次世代のGPT―4が登場。利用者の爆発的拡大は企業活動、学校、政治、芸術などあらゆる分野に早くも劇的な変化をもたらし始めており、世界じゅうが上を下への大騒ぎとなっている。現に、学生はチャットGPTで高精度の論文をあっという間に仕上げ、企業はこれまで膨大な時間と労力を費やしてきた資料の作成や分析からプログラミングまで、これも驚くほど短時間で片付くようになった。また、ある者はチャットGPTに小説や脚本を書かせたり、本職の画家が青ざめるようなイラストを描かせたりし、本ものと見分けのつかないフェイクのニュース映像を簡単に合成してネットに流したりもする。

生成AIに読み込ませる大規模言語モデルは開発当初はオープンだったが、いまでは著作権も個人情報の保護も問われないブラックボックスになっており、欧米では著作権を侵害されたアーティストらの集団訴訟が相次ぐ。さらに生成AIがネット上にある個人情報を含む無数の文字情報を、日々無制限に取り込んで自身の言語能力を高めていることについて、EUは一般データ保護規則などで一定の規制をかけようとしており、足枷(あしかせ)をはめられたくないIT大手との激しい攻防戦になっている。

折しも先月（2023年4月）末まで日本で開かれていたG7のデジタル・技術相会合でもこのAIのリスクが話し合われたが、規制強化に動くEUに対して、リスクよりもAI技術の遅れを取り戻したい日本は規制に消極的であり、閣僚宣言は玉虫色に終わった。さらにEUにしても、IT大手の情報独占への警戒はあっても、生成AIの未来の可能性を否定しているわけではなく、アメリカはこの画期的技術が過度の規制によって中国に先を越されることを懸念しているにすぎない。かくして世界は何らかのルール作りの必要を認識する一方、生成AIの猛スピードの進化を止めることはすでに非現実と見なして、これが人類に何をもたらすかを想像するより先に、さまざまな場面で生成AIを実装、利活用に走っているのである。

生成AIの性能が飛躍的に向上したと言っても、いまはまだ汎用型ではない。そのため学習内容によっては正しい回答ができない場合もあるが、AIは「分からない」と答える代わりに自身の取り込んだデータを駆使して巧みに嘘をつく。あまりに巧みなので人間には真偽を見極められないとも言われている。また、GPT－4にグーグルのボット認証システムを破らせる実験では、GPT－4が自分は目が見えないと嘘をつき、同情した技術者にコードを解除させたことが報告された。このAIは人間の倫理観を手玉に取って人間を騙す能力を獲得したのである。この結果に戦慄しない者はいないだろうが、生成AIが跋扈する世界ではもはや何が本ものか誰にも分からない事態が早晩発生する。そのとき私たちは自身のアイデンティティーを失い、人間であることの意味すら分からなくなるだろう。

AIが人間の知能を超えてしまうシンギュラリティーがほんとうに来るかどうか、いまはまだ分からないが、人間による悪用やＡＩ自身の暴走の危険性はすぐそこにある。実装されたが最後、人間の制御を超えてしまう生成ＡＩの誕生は、原子爆弾の発明と実に似ている。為すすべがなくなる前に、せめて核兵器と同じような国際的なルール作りが急務である。

２０２３・06・04

ジェンダー平等
社会の理性で実現するしかない

Ｇ７に間に合わせるよう大急ぎで今国会に上程されたＬＧＢＴ法案。正しくはＬＧＢＴ理解増進法というが、与野党協議によって手直しされた現法案の前には、野党案のＬＧＢＴ平等法やＬＧＢＴ差別解消法というのもあったし、今回上程される法案も、文言のいくつかを与党が保守勢力に配慮してさらに修正したものであり、総じて煩雑なことこの上ない。

そもそも2年前（２０２１年）、オリンピック開催に合わせて、いまや世界の潮流となっているジェンダー平等を日本にも根付かせるために提案されたＬＧＢＴ理解増進法は、与党の根強い反対で国会に提出すらされなかった。今回の修正ＬＧＢＴ理解増進法も、神道政治連盟や旧統一教会、さらには統一地方選などへの配慮から与党内で長らく店晒(たなざら)しにされてきたもので、G7間際になって泥縄でまとめられたものである。この間、多くの当事者団体をはじめ、経済界や先進6カ国、EUの駐日大使などが法整備を強く求めてきた一方、国内の議論は一向に進まなかったのだが、そこには自民党のやる気のなさのほかに、法整備を求めている当事者団体も同床異夢で、法案への賛否が分かれていることがある。

たとえばたんなる理解増進では不十分であり、明確な差別禁止を盛り込むべきとする団体もあれば、併せて同性婚の法整備を求める団体もある。また、法案の文言を「性的指向および性自認を理由とする差別は許されない」とした場合、仮に男性器をもつトランスジェンダー女性が女性用トイレを利用することに異を唱えると、逆差別に当たることになるとして法案に真剣に反対する団体もある。

ちなみに自民党が再修正したのも、こうした逆差別やそれによる訴訟の頻発の懸念がある文言で、一つは「性自認」が「性同一性」に、また一つは「差別は許されない」が「不当な差別は許されない」に置き換えられた。性自認も性同一性もGender Identityの訳語なので文言を換えても実質的な意味はないとも言えるが、自身の性別に強い違和感をもつ性同一性障害と異なり、違和感はないトランスジェンダーの性自認について、社会に一定の戸惑いがあるのは事実だし、自民党がこれを性同一性障害のカテゴリーに矮小化したい気持ちは分からなくもない。

同様に、「不当な差別」とすることで少し表現を弱めているのも、トランスジェンダーという存在がそれだけ複雑な多様性を孕んでいることの裏返しである。性的マイノリティと一口に言っても、ゲイやレズビアンと明らかに位相の異なるトランスジェンダーを世界各国が一様にジェンダー平等の一つに数えている現状と、男性器をもつトランスジェンダー女性とトイレで鉢合わせしてゾッとする女性たちの現実は、差別は許されないという単純な理想論では片付かない悩ましい難題なのである。

日本でも若い世代を中心にＬＧＢＴへの一般的な理解は進んでおり、法案に賛成する声は過半数を超えているが、とくにトランスジェンダーをめぐるこうした問題のありようまで正しく理解されているとは言いがたい。そのことがたとえばトランスジェンダー女性の女風呂利用やジェンダーレス・トイレについての誤った認識や誤解につながっているのだが、少なくとも日本国内では、浴場などの利用基準は生来の身体的特徴に基づくため、女性たちが恐れるような事態は起きないと言われている。

とまれ、無限の多様性のある個々の性的指向を十把一絡げに平等とするのは社会の理性以外にない。個々人の生理や価値観はそれこそ人の数だけ多様であり、それをいちいち斟酌（しんしゃく）していてはジェンダー平等など永遠に実現しない。もちろん個人の生理的感情は個々に尊重されるべきであって、それとは別に私たちはまさに理性によって多様な性を認め、理性によって己のなかの差別感情を封じるのである。現に、古い世代の筆者は実のところＬＧＢＴへの戸惑いは小さくはないのだが、何より嫌悪するのはそういう自身の差別感情であることを告白しておきたい。

２０２３・06・11

G7サミット時代の終 新たな多様性の秩序の構築を

市井の眼にそう見えただけかもしれないが、大平首相や中曽根首相、レーガン大統領、サッチャー首相などの顔ぶれが並んでいた1980年代のG7は文字通り、先進国首脳会議の観があった。7カ国のGDPが世界の6割を占め、ソ連も中国も鉄のカーテンの向こうだった時代に、まさに世界のリーダーが一堂に会する場が重要でないわけがなかったし、ときどきの喫緊の課題について一定の合意形成が図られ、世界の安定にそれなりに寄与していたのである。

それか四十数年、いまや旧ソ連だったロシアがウクライナに軍事侵攻し、天然ガスをロシアに依存してきたEU諸国はエネルギー危機に見舞われながらウクライナへの軍事支援に血道をあげている。国連安保理は機能不全に陥って久しく、アメリカは国内に深刻な分断を抱えて腰が定まらず、大国となった中国は覇権主義を振りかざしてアジアやアフリカの途上国・中堅国の盟主を自任し、インドを含めたそれらグローバルサウスの国々は、日米欧と一線を画して憚らない。そして日本は、30年に及ぶ経済の低迷ですでに先進国の座からほとんど転げ落ちているが、他のG6も世界のリーダーを名乗れるような突出した力はない。5月19日から開催された広島サミットが、どうにも湿った花火のようだった理由はここにある。一言でいえば、サミットがサミットたり得た時代は終わったのだ。

サミットの議題は多岐にわたっていたが、ロシアがウクライナで核兵器を使う懸念があるなか、核軍縮が最重要のテーマだったし、わざわざ広島に各国首脳を呼んだ意味もそこにあったはずである。しかし蓋を開けてみれば、原爆資料館の視察はとくにバイデン大統領側が難色を示したことで事前の調整が難航したほか、他の首脳たちの肉声も伝えられなかった。それぞれ被爆の実相に衝撃を受けはしただろうが、そもそも米・英・仏は筋金入りの核保有国であり、その首脳の口から核抑止の否定につながる発言など出てくるはずもない。それでも個々の記憶に被爆の何たるかが少しでも刻まれたなら、未来に微々たる変化を期待できるかもしれない——そう見るなら、岸田首相のこだわりには一定の意味があったと言えるかもしれない。しかし実際には、首相自身が提唱する「ヒロシマ・アクション・プラン」と同じく、行動が伴わないことへの苦悩も煩悶もないという意味では、サミットでの各国首脳の原爆資料館視察は、非核の理想を掲げる首相個人の自己満足に毛の生えたようなものだったというのが正しいだろう。

ちなみに19日にまとめられた「核軍縮に関するG7首脳広島ビジョン」では、あくまで核保有を前提とした核不拡散体制の堅持が長々と謳われ、核廃絶や核兵器禁止条約への言及はなかった。これが核保有国の現実だとしても、非保有国であり被爆国でもある日本の首相には、この機会にさらに踏み込んだ一言があってしかるべきだったのは間違いなく、被爆者の失望と怒りは当然である。

また、今回のサミットは20日に来日したゼレンスキー大統領に席巻され、あらためてG7によるウクライナ支援とロシア非難の大合唱となった。その結果、インドやブラジルなどグローバルサウスの招待国との協調という目標もかすんでしまったほか、価値観を共有しないロシアや中国への懸念の表明は世界の分断をより印象づけることにもなった。かくして終わってみれば、おおむね法の支配に基づく自由で開かれた国際秩序の堅持という原理原則を再確認したに留まり、核軍縮でも経済安全保障でもデジタル規制でもジェンダーでも成果と言える成果はなかった一方、ウクライナの停戦がさらに遠のいたことだけは確実である。

Ｇ７サミットで世界が動く時代は終わった。Ｇ７を無用とまでは言わないが、世界はむしろＧ20やＡＰＥＣ（アジア太平洋経済協力）により積極的に軸足を移し、時間はかかっても中国やロシア、グローバルサウスを含めた新たな国際秩序の構築と多様性を希求すべきときが来ていると思う。

２０２３・06・18

あとがき

身近にコロナ禍があり、昨今の燃料費や食料品の高騰があっても、日本人の多くはいまもひとまず市井の暮らしを日々ふつうに送ることができており、その意味ではウクライナで続く戦闘も、北朝鮮のミサイル開発も台湾をめぐる緊迫も、直接私たちの平穏を脅かすことはない他人事ではある。入管施設に収容されている外国人の不法滞在者も、さまざまなジェンダーバイアスの下での性的少数者たちの不自由も、はたまた子どもに十分な食事を与えてやれない一人親の貧困も、ほとんど眼に触れないという意味ではやはり非日常であろう。ましてや南西諸島で配備の準備が進むミサイル防衛体制や、そのための防衛費の大幅増などは実態を把握するのも難しいし、敵基地攻撃能力の保有によって戦後日本の姿が根本的に変わってしまったことの実感も、多くの人がもちようもない。さらにはグリーン・トランスフォーメーションといった片仮名で括られる新時代のさまざまな産業政策なども、その実効性の以前に、ふつうの生活者には知ったことかであるし、マイナンバーカードがそうであるように、国が旗を振るデジタル化の推進はむしろ危うさが目立ち、真剣に向き合う気にもなれない。

かくして私たち日本人は、政治にも経済にもおおむね細かい目配りをするだけの意味が見いだせず、しばしば新聞さえ読むのをやめ、多くの事柄を等閑にしてこの時代を生きているのである。いや、おそらく市井とはもともとそういうものなのだろうし、もとより巷の主婦やサラリーマンが巡航ミサイルの運用の是非を云々する必要もないのだが、昨今の市井の無関心は、そもそもあらゆる物事が複雑多様になりすぎ、日常的にすみずみまで理解するのが難しくなったことも大きいように思う。金融経済も軍事技術も社会政策も教育も、専門家がそれぞれの見解をもち、私たちにはどれが正解かを判断するのも容易ではない。しかも変化のスピードは速く、日々細かくチェックしていなければ内容についてゆくこともできない。そのため自ずと政治家や役所への白紙委任にならざるを得ず、結果的に自民党の長期政権を許してきたのだが、個人的にはこれでほんとうによかったのかと詮無い自問に陥ることもある。

筆者自身、すべてのことに目配りするだけの能力も時間も忍耐もなかったのは事実だが、だからといって一政権が憲法の解釈を勝手に変更して集団的自衛権の行使に道を開き、日本を戦争ができるふつうの国にしてしまったことを黙過したのは、老い先短い高齢者であっても痛恨の極みではある。同様に、福島第1原発の廃炉作業もままならず、依然として放射性廃棄物の最終処分場もないまま、南海トラフ地震が明日起きてもおかしくないとされる国で原発に回帰する狂気の沙汰も然り。これらによって次世代が被るかもしれない未曽有の被害を思うとき、時代の変化だの、戦前への回帰だのとうそぶいて済ませることはできず、一有権者として尻に火がつく思いで何かしなければと焦りながら、昨日も今日も必死で新聞や書籍を開く。本書に収録されている『サンデー毎日』掲載の『サンデー時評』は、そうして書き綴ってきたものである。

筆者にはGゼロとなって複雑さを増した世界を俯瞰するような能力はないし、金融政策の正しい解ももっていないが、世界をできるだけ偏りなく俯瞰しなければならないこと、あるいは引き締めにしろ緩和にしろ、正しい金融政策の前に節度ある公正な経済政策がなければならないことは理解している。このように筆者は普遍的な原理原則と物事の道理しかもちあわせていないのだが、多くの分野で国がこの二つを投げ捨ててしまったように見えるいま、一物書きの愚直な時評にも一定の意味はあると自負している。

＊本書は、『サンデー毎日』
２０２１年６月６日号から２０２３年６月18日号まで
連載された「サンデー時評」を再構成したものです。

髙村 薫 たかむら・かおる

一九五三年大阪市生まれ。作家。
一九九三年『マークスの山』で直木賞、
一九九八年『レディ・ジョーカー』で毎日出版文化賞、
二〇一六年『土の記』で野間文芸賞・
大佛次郎賞・毎日芸術賞を受賞。
他の著書に『我らが少女A』
『作家は時代の神経である』など多数。

銃を置け、戦争を終わらせよう
未踏の破局における思索

二〇二三年七月二〇日　印刷
二〇二三年八月一日　発行

著者　髙村薫
発行人　小島明日奈
発行所　毎日新聞出版
〒一〇二-〇〇七四　東京都千代田区九段南一-六-一七　千代田会館五階
電話　営業本部　〇三-六二六五-六九四一
図書編集部　〇三-六二六五-六七四五

印刷　精文堂
製本　大口製本

ISBN978-4-620-32783-9